Los secretos del príncipe

Jennie Lucas

Bianca™

HARLEQUIN™

Editado por HARLEQUIN IBÉRICA, S.A.
Núñez de Balboa, 56
28001 Madrid

I.S.B.N.: 978-84-671-7170-9
Depósito legal: B-12062-2009
Editor responsable: Luis Pugni
Preimpresión y fotomecánica: M.T. Color & Diseño, S.L.
C/. Colquide, 6 portal 2 - 3º H. 28230 Las Rozas (Madrid)
Impresión y encuadernación: LITOGRAFÍA ROSÉS, S.A.
C/. Energía, 11. 08850 Gavá (Barcelona)
Fecha impresion para Argentina: 23.11.09
Distribuidor exclusivo para España: LOGISTA
Distribuidor para México: CODIPLYRSA
Distribuidores para Argentina: interior, BERTRAN, S.A.C. Vélez
Sársfield, 1950. Cap. Fed./ Buenos Aires y Gran Buenos Aires,
VACCARO SÁNCHEZ y Cía, S.A.
Distribuidor para Chile: DISTRIBUIDORA ALFA, S.A.

Capítulo 1

¡L A HABÍA encontrado!

El príncipe Maximo d'Aquilla aparcó su Mercedes bajo una farola rota y se quedó mirando la gasolinera iluminada que tenía ante sí. La luz iluminaba la noche nevada como una vela en la oscuridad y dibujaba la silueta de la única empleada que había en el interior.

Lucia Ferrazzi.

La nieta de su enemigo, la ex novia de su rival en los negocios.

«El destino», pensó Maximo apretando el volante.

¿Después de tantos años buscándola qué otra cosa podía ser?

En aquel momento, sonó su teléfono móvil. Ermanno, uno de los guardaespaldas que estaban esperando en el coche aparcado detrás del suyo, sólo pronunció una palabra.

–*Signore?*

–Esperad a que os haga una señal –contestó Maximo en italiano.

A continuación, colgó el teléfono y se quedó mirando a la joven otros cinco minutos. Eran las diez de la noche del día 31 de diciembre y lo normal habría sido que la tienda hubiera estado llena de gente comprando vino y cerveza, pero aquel barrio de las afueras de Chicago estaba desierto y oscuro.

Lucia estaba atendiendo al único cliente que había dentro de la tienda, al que regaló una tímida sonrisa. Llevaba la cara lavada, sin maquillaje, y no aparentaba los veintiún años que tenía. Unas gafas de pasta enmarcaban sus grandes ojos marrones.

Parecía un ratoncillo de biblioteca.

Maximo pensó que le iba a resultar fácil que se enamorara de él.

El cliente se fue y un sedán gris aparcó junto a los surtidores. De él se bajó un tipo delgado que se quedó mirando a la chica, se aplicó espray mentolado en la boca y caminó hacia la tienda.

Maximo vio que la chica lo miraba alarmada. Era evidente que le tenía miedo. Aquello lo hizo sonreír.

Aquella muchacha no tenía ni idea del vuelco que estaba a punto de dar su vida.

De ahora en adelante, estaría bajo su protección.

Antes de medianoche, sería su esposa.

Entonces, su venganza sería completa y, en cuanto al otro asunto... Maximo apartó aquel pensamiento de su mente.

Todo estaba a punto de terminar. Se casaría con ella y dentro de tres meses sería libre. Libre del todo.

–Oh, no –murmuró Lucy Abbott.

A continuación, apoyó la cabeza en el cristal de la ventana por la que había visto llegar a su jefe.

Había rezado para no verlo aquella noche, para que tuviera una cita, una fiesta o lo que fuera, para que no se pasara por la tienda para «ver qué tal estaba todo».

«Sólo una semana más», se recordó Lucy a sí misma mientras tomaba aire profundamente.

Sólo le quedaba una semana de tener que aguantar

las estúpidas bromas de Darryl, sus miradas libidinosas y sus roces «accidentales».

Estaba pendiente de que la contrataran en una tienda cercana como ayudante de la encargada y necesitaba las buenas referencias de su actual jefe. En cuanto se hubiera incorporado al otro trabajo, podría olvidarse de él para siempre.

En el otro trabajo, iba a ganar más dinero. Por primera vez desde que había nacido su hija, iba a poder trabajar sólo en un sitio y no en tres e iba a trabajar cuarenta horas semanales en lugar de sesenta, lo que se traduciría en que podría pasar unas cuantas horas con su bebé todos los días.

¿Bebé? Chloe ya no era del todo un bebé. Al día siguiente cumplía su primer año de vida. Era increíble. Se había perdido casi todo el primer año de vida de su hija porque había tenido que estar trabajando para poder pagar el alquiler, los médicos y la guardería.

Se había perdido la primera vez que se había sentado sola, la primera vez que había gateado, se había perdido innumerables sonrisas y llantos y un montón de cosas más...

«Ya basta», se dijo a sí misma con lágrimas en los ojos.

Darryl entró en la tienda seguido de una ráfaga de viento y nieve.

–Hola, Luce –la saludó sonriendo con la boca torcida–. Feliz Año Nuevo.

–Feliz Año Nuevo –murmuró Lucy.

No le gustaba nada que la llamara Luce porque le recordaba al último hombre que la había llamado así.

–¿Ha habido movimiento esta noche?

–Sí, mucho –mintió Lucy con un nudo en la garganta.

–A ver.

Lucy intentó apartarse, pero su jefe consiguió frotarse contra ella al meterse detrás del mostrador. A continuación, abrió la caja registradora y, al ver que solamente había unos cuantos dólares, la miró con expresión acusadora.

–Qué bromista.

–De verdad, ha venido mucha gente –contestó Lucy fingiendo que se reía–. ¿No ves todas esas pisadas? Por cierto, el suelo está mojado, así que voy a pasar la fregona...

–Tú siempre tan hacendosa –contestó Darryl atrapándola con su mano huesuda–. Te crees mejor que yo, ¿verdad?

–No, claro que no... –contestó Lucy.

Su jefe la agarró de los tirantes del delantal de trabajo y se quedó mirándola con la respiración entrecortada.

–Ya estoy harto de portarme bien contigo a cambio de nada.

Lucy oyó sonar el móvil que había sobre la puerta y que indicaba que había entrado alguien, pero, antes de que le hubiera dado tiempo de levantar la mirada, Darryl la había agarrado de la nuca y se disponía a plantarle sus asquerosos labios encima.

–¿Pero qué haces? ¡Suéltame ahora mismo!

–Vas por ahí haciéndote la digna, pero yo sé perfectamente que te acuestas con todos –la acusó su jefe–. Por algo tienes una hija. Sé perfectamente que me deseas...

–No –protestó Lucy intentando apartar la cara.

Darryl dio un respingo cuando una mano grande lo agarró del hombro y lo obligó a girarse y a apartarse de Lucy, que vio entonces que la persona que había entrado era un hombre moreno y alto.

El recién llegado había agarrado a su jefe de las solapas y Darryl, mucho más pequeño y frágil, no podía hacer nada para zafarse pues, para empezar, ni siquiera llegaba con los pies al suelo.

El desconocido tenía los ojos azul oscuro y una mirada de lo más dura.

–Fuera –ordenó con voz glacial.

–Sí –jadeó Darryl.

Entonces, el gigante lo posó de nuevo en el suelo y el jefe de Lucy fue hacia la puerta como un cangrejo, andando hacia atrás y tropezándose del susto.

–¡Estás despedida! –le gritó desde allí.

Una vez en la calle, corrió sobre la nieve hacia su viejo coche y se perdió en la oscuridad de la calle.

¿Despedida? ¿La había despedido? Lucy sintió que el corazón le latía aceleradamente y miró al hombre que la había rescatado. El desconocido la miró también. La expresividad de sus ojos la calmó. No la había tocado, pero tampoco hacía falta. El efecto que despedía su mirada la hacía temblar de pies a cabeza, como si aquel hombre acabara de despertar en ella algo que estaba dormido en lo más profundo de sí misma.

–¿Está usted herida, *signorina*? –le preguntó con acento italiano.

Lucy tuvo que mirar hacia arriba porque aquel hombre era mucho más alto que ella. Además, tenía los hombros muy anchos y enmarcados por un elegante abrigo largo y negro. En cuanto a su rostro... ¡qué rostro! Nariz patricia, pómulos altos, ojos azules, piel aceitunada, pelo negro y ondulado, mandíbula cuadrada y leves patas de gallo.

¿Treinta y pocos?

La había dejado anonadada por cómo la había salvado y por cómo la estaba mirando en aquellos momentos. Lucy jamás había visto a un hombre tan bello y tan fuerte a la vez. Parecía el maravilloso príncipe de un sueño olvidado hacía mucho tiempo.

–*Signorina?* –insistió el desconocido mirándola intensamente al tiempo que elevaba la mano para acariciarle la mejilla–. ¿No le habrá hecho daño?

A Lucy se le antojó que la breve caricia era una explosión que le recorría el cuerpo entero. Fue como lanzarse desnuda sobre un lecho de nieve, una sensación muy intensa.

–No, estoy bien... aunque... me ha despedido –recapacitó.

Despedida.

Aquello significaba que no iba a poder pagar a la señora Plotzky.

Si se quedaba sin canguro, no iba a poder ir a trabajar a los dos trabajos de media jornada que tenía y ya debía un mes de alquiler porque el mes pasado su hija había tenido que ingresar en urgencias con paperas. El propietario de la casa en la que vivían ya la había amenazado con echarla a la calle si no se lo pagaba inmediatamente.

De repente, se imaginó recorriendo las heladas calles de Chicago con su hija en brazos, llorando, pasando las noches muertas de frío sin ningún sitio al que ir. De repente, se encontraba despedida a finales de invierno, sin trabajo, sin dinero, sin casa...

Le había fallado a su hija.

Lucy sintió que se le formaba un nudo en la garganta que le impedía respirar y repitió el nombre de su hija varias veces, sintió que las rodillas le temblaban y que el dolor y el cansancio que había reprimido durante todo un año se apoderaban de ella y, de repente, todo se volvió negro...

El hombre la agarró antes de que tocara el suelo, la tomó en brazos como si no pesara absolutamente nada y la llevó hacia la puerta.

–Se terminó el trabajar aquí –aulló.

Lucy lo miró. Se sentía mareada y no sólo por haber estado a punto de desmayarse. Lo cierto era que estar cerca de aquel desconocido, encontrarse entre sus brazos, hacía que se le acelerara el corazón. Aquel hombre era tan guapo como el protagonista de una novela.

Mientras la sacaba de detrás del mostrador y la llevaba hacia la puerta, Lucy se fijó en el ejemplar de *Cumbres borrascosas* de la biblioteca que llevaba en el bolso.

Pero aquel desconocido tan guapo no era Heathcliff y ella, desde luego, no era Cathy, la protagonista que había tenido una vida de ensueño.

Las historias románticas no tenía nada que ver con la realidad.

A ella le había quedado muy claro.

Lo había aprendido por las malas.

–¿Adónde me lleva? –le preguntó.

–Lejos de aquí.

–¡Déjeme en el suelo ahora mismo! –gritó Lucy.

¿Todos los locos de Chicago se habían dado cita en la tienda aquella noche para arruinarle la vida o qué?

–¡Suéltame! –insistió pataleando.

De repente, el desconocido la soltó y Lucy se vio obligada a deslizarse por su cuerpo fuerte e impecablemente vestido. Se dio cuenta de que estaba temblando, pero había recuperado la verticalidad.

–Creo que la palabra que está buscando es «gracias» –comentó el hombre.

Era cierto que Lucy quería darle las gracias por haberla salvado de su jefe, pero ahora se planteaba que, a lo mejor, tenía que haber permitido que Darryl la besara, pues al fin y al cabo, ¿qué era un beso comparado con que su hija no tuviera casa?

–¿Gracias? –le espetó furiosa–. ¿Por hacer que me hayan despedido? ¡Podría haber controlado a Darryl perfectamente si usted no se hubiera entrometido!

–Sí, es cierto que estaba claro que tenía la situación controlada –se burló él sonriendo.

Lucy apretó los dientes.

–¡Quiero que le llame inmediatamente y que le diga que lo siente!

–Lo que siento es no haber utilizado su cara para pasar la fregona por el suelo.

Si no recuperaba su trabajo, se iba a ver obligada a llevar a su hija a una albergue para indigentes y, si todos estaban llenos, lo que era más que probable teniendo en cuenta el frío que hacía en aquella ciudad en aquella época del año, no les iba a quedar más remedio que dormir en la decrépita furgoneta que tenía por toda posesión.

Y todo era culpa suya por no haberlo hecho bien, por no haber sabido proteger a su hija.

Lucy sintió que el terror se apoderaba de ella.

–¡Necesito el trabajo!

–No, eso no es cierto –contestó el desconocido con mucha calma, la calma y la arrogancia que da el tener dinero–. No me irá a decir que habría aceptado este trabajo si no hubiera estado en una situación desesperada.

Lucy se quedó anonadada ante su precisión.

Al no tener ahorros y con la poca cualificación profesional de la que disponía, se había visto forzada a aceptar trabajos mal pagados desde que el padre de

Chloe las había abandonado una semana antes de que naciera su hija. Desde entonces, había tenido que trabajar sin parar para poder sobrevivir ya que, en un arranque de locura, había renunciado a la beca que le habían dado para ir a la universidad y lo había hecho todo para estar con él, con aquel hombre que se había ido dejándole a su bebé en la tripa y el recuerdo de sus promesas.

Durante aquel año, había conseguido mantenerse a flote por poco. Un error como aquél era más que suficiente para ahogarse y no se lo podía permitir.

—Por favor —murmuró—. No tiene usted idea de lo que sucederá si pierdo el trabajo.

El desconocido la miró, alargó el brazo, la agarró del mentón amablemente y la obligó a mirarlo.

—No volverá a tener nada que temer. Ahora es usted mía, Lucy, y yo siempre protejo lo que es mío.

¿Cómo que era suya? ¿Pero qué decía aquel hombre? ¿Y cómo sabía que se llamaba Lucy?

—¿Cómo... cómo sabe cómo me llamo?

—Lo sé absolutamente todo sobre usted —contestó el desconocido—. He venido para hacer realidad sus sueños.

Sus sueños.

El gran sueño de Lucy era tener una casita acogedora rodeada de luz y de flores, una casa en la que su hija pudiera crecer segura y feliz. También le gustaría tener pareja para no estar sola y poder compartir su amor.

—¡El único sueño que tengo en estos momentos es que llame a Darryl y le suplique que le perdone! —le espetó sin embargo.

—Eso no es un sueño, sino una fantasía —contestó el desconocido enarcando las cejas.

—¿Qué creía que iba a decir, que sueño con pasar la noche en su cama haciendo el amor sin parar?

Se lo había dicho con la intención de ser sarcástica, pero el desconocido la estaba mirando con tanta pasión que Lucy se estremeció de pies a cabeza.

—Le estoy ofreciendo la posibilidad de poder vengarse del hombre que le ha hecho daño.

—Ya le he dicho que Darryl no me ha hecho nada, no le ha dado tiempo...

—Alexander Wentworth —dijo el desconocido de repente.

Al oír aquel nombre, Lucy sintió que la sangre se le helaba en las venas.

—¿Cómo?

—Quiero que se arrepienta del día en que las abandonó a usted y a su hija —le dijo mirándola con sus intensos ojos azules—. Se va a venir conmigo a Italia y va a vivir rodeada de lujo y de riqueza.

Capítulo 2

AQUEL hombre la quería llevar a Italia?
Italia, aquel lugar soleado y precioso con el
que Lucy llevaba soñando toda la vida. Para
ser más exactos, desde que con doce años había visto
Una habitación con vistas en la televisión del hospital
en el que había muerto su madre.

De hecho, lo último que le había dicho su madre
antes de irse había sido: «Vete a Italia, Lucy... vete...».

Pero Lucy nunca había salido de Illinois, donde había
vivido en hogares de acogida hasta cumplir los
dieciocho años y, luego, se había puesto a trabajar y
había conseguido con mucho esfuerzo ir a la universidad. Cuando estaba en segundo año de carrera, trabajando en una tienda, había conocido a un hombre muy
guapo que hablaba italiano y que era el vicepresidente
de una cadena de tiendas de ropa con base en Nueva
York.

Aquel hombre le hablaba sin parar de Roma y le había prometido muchas veces llevarla algún día. Lucy
nunca había conocido a un hombre como Alex Wentworth, un hombre tan mágico, tan glamuroso y tan
exótico, así que había dejado la universidad, olvidando
el gran esfuerzo que le había costado llegar hasta allí,
simplemente porque Alex se había quejado de que el
tiempo que pasaba en clase no lo pasaba con él.

Había picado el anzuelo como una tonta.

Y el sueño se había convertido en una pesadilla. Alex había huido a Roma, donde las leyes de manutención infantil de Chicago no llegaban y le había devuelto todas las cartas y las fotografías que le había enviado.

También le había enviado una nota informándola de que estaba enamorado de otra mujer, sugiriendo que Chloe no era su hija y que ella era una fresca que sólo buscaba atrapar a un hombre con la vieja historia del embarazo.

En el momento, Lucy se había sentido morir, pero ahora ya estaba bien. De verdad. Era capaz de vivir con el corazón roto. Lo que no podía comprender era cómo Alex era capaz de vivir rodeado de lujo, bebiendo vino, saliendo con mujeres y disfrutando de una ciudad maravillosa y soleada cuando había abandonado a su hija inocente sin importarle que estuviera sufriendo penurias.

Si iba a Italia, se lo iba a preguntar.

Lucy se mojó los labios y miró al desconocido.

–A ver si lo he entendido bien. ¿Quiere usted llevarme a Italia?

El desconocido sonrió de manera sensual.

–Sí. Jamás tendrá que volver a preocuparse por el dinero.

Lucy sintió que el aire no le llegaba a los pulmones. Había oído bien. Aquel hombre le estaba haciendo una propuesta de locos, le estaba proponiendo no tener que volver a trabajar jamás, no tener que volverse a despertar aterrorizada en mitad de la noche preguntándose cómo iba a hacer para pagar las facturas, lo que le estaba ofreciendo era la seguridad para su hija.

Además, podría ver a Alex. Había ignorado sus cartas, pero no podría ignorarla a ella en persona y, si se presentaba en su despacho, seguro que en cuanto le enseñara la fotografía de Chloe, recuperaría la cordura y se enamoraría de su precioso bebé. En cuanto la viera, en cuanto fuera una presencia real en su vida, la querría.

A Lucy no le importaba que estuviera con otra mujer, pero no podía soportar que su hija creciera sin padre, como le había pasado a ella. Al no tener padre, cuando su madre había muerto, se había quedado sin nadie que la quisiera y la protegiera.

—¿Le parece bien? —insistió el desconocido.

Lucy entrelazó los dedos de las manos a la espalda para ocultar que estaba temblando.

—No entiendo. ¿Por qué quiere que vaya con usted a Italia? ¿Cómo le iba a afectar eso a Alex?

El hombre sonrió con frialdad.

—Le afectaría porque se daría cuenta de lo idiota que fue al abandonarla.

—¿Por qué dice eso? —le preguntó Lucy con amargura.

—Porque perderá algo que quiere, algo que me pertenece a mí por derecho —le explicó tocándole el hombro y haciendo que Lucy sintiera que un reguero de lava recorría su cuerpo—. Lucy, le vamos a hacer pagar —insistió mirándola a los ojos—. Lo único que tiene que hacer es decir que sí.

«Sí», pensó Lucy recapacitando sobre la oportunidad que le daba la vida. «Sí, sí y sí».

Sin embargo, cuando abrió la boca para contestar, se dio cuenta de algo.

Ya había pasado por aquello antes.

Ya se había sentido innegablemente atraída por un hombre espectacular que le había prometido la luna, un hombre al que le había entregado el corazón de manera inocente, así como su futuro y su confianza.

Y había pagado un alto precio por hacerlo.

—Lo siento, pero no me interesa —contestó haciendo un gran esfuerzo.

El desconocido la miró anonadado.

—¿No le interesa?

A Lucy le dio la sensación de que era la primera vez que una mujer le decía que no. En otras circunstancias, le habría parecido de lo más divertido.

—¿Aparece de repente sin conocerme de nada, por su culpa me despiden y ahora espera que confíe en usted ciegamente? —le espetó con lágrimas en los ojos—. ¿Está loco? ¿Quién se cree que es?

—Soy el príncipe Maximo d'Aquilla.

Lucy se quedó mirándolo anonadada, creyendo que no le había oído bien, creyendo que estaba soñando con todas aquellas novelas históricas que había leído de adolescente.

—¿Es príncipe?

—¿Le impresiona mi título? —contestó el desconocido sacándose el teléfono móvil del bolsillo y presionando unos cuantos botones—. *Va bene* —dijo con frialdad—. A ver si ahora deja de oponer resistencia y acepta su destino.

Príncipe Maximo d'Aquilla. Qué hombre tan exótico. Claro que aquel hombre no era ningún sueño. Era un hombre de carne hueso, un gladiador romano muy peligroso y demasiado guapo para ser de verdad.

—No pienso ir a ningún sitio con usted —insistió Lucy.

—Ya me estoy empezando a cansar de esto —le advirtió el príncipe—. No tengo tiempo que perder. Los dos sabemos que va venir conmigo, así que elija si lo quiere hacer por las buenas o por las malas —añadió acercándose.

Lucy comprendió que no se trataba de una amenaza a la ligera, pues era cierto que aquel hombre podría secuestrarla y nadie en aquella calle desierta haría nada por impedírselo.

Todo dependía de ella.

No podía permitir que la intimidara. ¿Se creía en el derecho de darle órdenes porque era guapo, rico y, por lo que él decía, de sangre real?

—¿Se cree que soy tonta? —le espetó.

—Estoy empezando a preguntármelo.

—¡Su historia es ridícula! ¿Es usted príncipe y quiere que me vaya con usted a Italia para ser rica y feliz? ¿Dónde está el timo? ¿En cuanto me suba al avión me venderá a un harén?

—¿Se crees que un jeque le iba a tolerar tanta insolencia?

—Yo lo único que sé es que, cuando un hombre guapo te hace una oferta demasiado tentadora, siempre miente.

—¿Primero duda de mi honor y ahora me llama mentiroso?

Lucy tenía miedo, pero se creció.

—Si se cree que soy tan tonta como para creerme que voy a tener dinero y me voy a poder vengar de Alex, además de mentiroso, está loco.

El hombre la miró y Lucy sintió que un intenso calor la recorría de pies a cabeza.

—Si fuera un hombre, haría que se arrepintiera de haberme insultado.

—¿Y como soy mujer qué va a hacerme? —lo desafió Lucy.

—El castigo será muy diferente —contestó el hombre apartándole un mechón de pelo que se le había escapado de la cola de caballo.

Entonces, se abrió la puerta y entró un hombre más bajo que Maximo, pero tan fuerte como él.

—Príncipe —lo saludó.

—Ermanno —lo saludó el desconocido.

A continuación, se pusieron a hablar en italiano.

Lucy se quedó mirando a Maximo. Lo cierto era que era increíblemente guapo, y, si era cierto que era príncipe, también sería muy rico.

Lucy se dijo que no debía sucumbir ante sus mentiras. No iba a obedecerle. Debía escapar. Ahora era el momento. Estaban distraídos. Tenía que aprovechar la oportunidad. De lo contrario, la secuestraría y no volvería a ver jamás a su hija.

Lucy se apartó disimuladamente del mostrador y se acercó a la puerta.

Los dos hombres continuaban hablando.

Lucy tomó aire, se giró y comenzó a correr.

—¡Lucy, no! —exclamó el príncipe.

Una vez fuera, Lucy sintió el intenso frío invernal y la nieve, pero corrió hacia su coche sin mirar atrás. Al llegar a él, metió la llave en la cerradura y la manipuló, pero la cerradura se había helado.

Presa del pánico, miró hacia atrás. El príncipe Maximo corría hacia ella como un toro, mirándola furioso.

Desesperada, Lucy intentó abrir la puerta de nuevo y lo único que consiguió fue que se le partiera la llave.

No había escapatoria.

Pero no debía darse por vencida, así que salió corriendo y cruzó la calle en dirección al parque aunque no había absolutamente nadie, pero se veían luces y coches al otro lado. No había hecho más que poner un pie en él cuando sintió que Maximo la agarraba. El príncipe la tiró al suelo y cayó encima de ella, la agarró de las muñecas y la obligó a girarse. Lucy intentó zafarse, pero Maximo tenía mucha más fuerza que ella.

—¡Basta! —exclamó el príncipe agarrándola de las muñecas con más fuerza—. Tiene que aprender a obedecer.

—Jamás le obedeceré —gritó Lucy—. ¡Jamás!

—Ya lo veremos —contestó Maximo.

Lucy sintió que le estaba mirando los labios y supo que la iba a besar. Sí, la iba a besar en mitad de la oscuridad de aquel invierno, en el parque, completamente a solas, rodeados por nieve y de frío. A pesar del frío, sentía fuego en las venas cuando la besó y se quedó inmóvil, incapaz de luchar.

Pero tenía que luchar. Si su hija se quedaba sin madre que pudiera protegerla, iría a parar a un hogar de acogida, como le había ocurrido a ella.

No debía rendirse.

Tenía que luchar para proteger a Chloe.

Hasta el último aliento.

–Suéltame –murmuró–. Por favor. Deja que me vaya. Te lo suplico. Si tienes decencia... si has querido alguna vez a alguien y lo has perdido... por favor, deja que me vaya.

Maximo se quedó mirándola con tristeza y, de repente, le soltó las muñecas y se puso en pie.

–Como quieras, *cara mia* –le dijo–. Si quieres, quédate aquí. Yo me vuelvo a mi hotel.

«Gracias, gracias, gracias», pensó Lucy fervientemente.

A continuación, se apresuró a ponerse en pie, dispuesta a salir corriendo.

–Tengo que volver para asegurarme de que tu hija está durmiendo plácidamente –continuó el príncipe–. No vaya a ser que haya perdido el hipopótamo morado de peluche que tanto le gusta.

Lucy sintió que el corazón se le paraba.

–¿Cómo dices? –le preguntó girándose hacia él presa del pánico.

–¿No te lo había dicho? –contestó Maximo–. Mis hombres han ido a recoger a tu hija hace una hora.

Capítulo 3

NO TE VAS a salir con la tuya –protestó Lucy por enésima vez mientras Maximo conducía hacia el centro de la ciudad de Chicago.

Impasible, Maximo aparcó su maravilloso Mercedes negro junto a la grandiosa marquesina del hotel Drake.

–Yo siempre me salgo con la mía –contestó.

Lucy se quitó furiosa el delantal de cajera y lo tiró al suelo.

–No sé cómo serán las leyes en Italia, pero en Chicago no puedes secuestrar a una persona...

–En Italia también está prohibido el secuestro –la interrumpió Maximo apagando el motor del coche–. Sin embargo, no estamos hablando de secuestro en este caso porque yo no he secuestrado a tu hija.

–Entonces, ¿cómo describirías lo que has hecho?

–Ya sabía que ibas a terminar aceptando mi oferta y lo único que he hecho ha sido acelerar nuestra partida.

Dicho aquello, Maximo se bajó del coche y Lucy se quedó con los ojos muy abiertos al ver cómo le entregaba con naturalidad un billete de cien dólares al aparcacoches que estaba esperando para retirarlo.

–Gracias, Alteza –le dijo el jovencito apresurándose a abrir la puerta del copiloto para que Lucy pudiera salir.

Lucy se apresuró a correr tras él. Maximo tenía la

zancada mucho más grande que ella y ya estaba casi en la puerta principal.

–Bienvenido, Alteza –lo saludó el portero llevándose la mano a la gorra con respeto–. Feliz año, señor.

–Gracias –contestó Maximo sonriendo brevemente–. Lo mismo digo.

Lucy vio desde la puerta giratoria que Maximo se dirigía a las enormes escaleras que conducían al vestíbulo, se apresuró a ir tras él, lo alcanzó y lo agarró del brazo.

–Los tienes a todos engañados, ¿eh? –le espetó–. Todos se creen que eres un príncipe, que eres un hombre respetable, un hombre de honor, pero yo sé la verdad, yo sé que no eres más que un...

Maximo se quedó mirando su mano y, a continuación, la miró a los ojos con una indescriptible frialdad.

–¿Qué soy? –le preguntó.

–Un ladrón, un chantajista y un secuestrador de niños –contestó Lucy presa de la rabia.

Maximo la agarró de los hombros. Era mucho más alto que ella, así que la miraba desde arriba. Lucy se dio cuenta de que estaba haciendo un tremendo esfuerzo para controlarse. Estaba furioso.

De repente, tuvo miedo.

–No me provoques –le advirtió en voz baja.

Lucy tragó saliva.

–No me das miedo –mintió–. Y, si te crees que obligándome a que me acueste contigo cuando lleguemos a tu habitación, vas a hacerle daño a Alexander, te equivocas.

Maximo la soltó de repente.

–Yo nunca he obligado a ninguna mujer a que se acueste conmigo –le dijo muy serio, mirándola a continuación de arriba abajo–. Te aseguro que, si quisiera acostarme contigo, te entregarías a mí por decisión propia.

¡Menudo arrogante! Lucy se ruborizó de pies a cabeza.

—¿Cómo te atreves?

—Afortunadamente, no eres mi tipo –continuó Maximo–. Demasiado sencilla, demasiado mal vestida, demasiado joven...

—Oh –exclamó Lucy humillada.

—Para mí, no eres una mujer deseable, sino un arma.

¿Un arma?

—¿Qué pretendes hacerle a Alex? –quiso saber Lucy algo asustada.

—¿Y a ti qué más te da? ¿No me irás a decir que sigues enamorada de él?

—¡Claro que no! ¡Pero es el padre de mi hija!

—No te preocupes –la tranquilizó Maximo sonriendo con malicia–. Lo único que va a tener que hacer es admitir que tiene una hija. Seguro que eso te parece bien, ¿no?

¿Eso quería decir que Alex había mantenido la paternidad de Chloe en secreto?

—Sí, me parece bien –murmuró.

—Y perderá la oferta que ha hecho sobre una empresa. Otra persona a la que no conoces perderá también.

—¡Cuántos enemigos tienes! –se maravilló Lucy en voz alta–. Seguro que hay muchos más, seguro que cada persona que se cruza en tu vida, se convierte en tu enemigo, pero la verdad es que me da igual. Yo lo único que quiero es recuperar a mi hija. Te aseguro que si le has hecho daño o está asustada...

—Jamás le haría daño a un niño, *signorina*. Tampoco le haría daño jamás a una mujer –le aseguró.

Lucy lo siguió escalones arriba hasta el elegante vestíbulo estilo años veinte. Del techo colgaban enormes candelabros y bajo ellos charlaban grupos de personas con joyas y abrigos de piel.

Maximo cruzó el vestíbulo seguido por Lucy, ignorando a los invitados y dirigiéndose a los ascensores dorados que había en la parte de atrás. Una vez dentro, presionó el botón de la décima planta.

–No nos conocemos de nada y no entiendo por qué has hecho lo que ha hecho –le dijo Lucy–. No entiendo por qué has secuestrado a mi hija, has hecho que me despidieran del trabajo y has puesto mi vida patas arriba...

–¿Acaso no quieres ser rica, Lucia? –le preguntó Maximo girándose hacia ella–. ¿No te gustaría comprarte ropa, coches y joyas? ¿No te gustaría tener tiempo para estar con tu hija y dinero para comprarle todo lo que quisieras?

–¡Pues claro que me gustaría! –exclamó Lucy mirándolo fijamente–. Pero no soy tan tonta como para creer que, de repente, puede llegar un desconocido caído del cielo y ofrecerme dinero. Estoy intentando dilucidar cuáles son tus intenciones ocultas.

–No las hay –le aseguró Maximo–. Te estoy ofreciendo una vida llena de dinero y de lujo para ti y para tu hija y la oportunidad de vengarte del hombre que os abandonó a las dos.

–Pero tiene que haber trampa –insistió Lucy.

–¿Por qué?

–Porque siempre la hay.

–Quizás. ¿Qué más da?

En aquel momento, se abrieron las puertas del ascensor y Maximo salió de él. Lucy lo siguió sintiéndose como Alicia en el país de las maravillas nada más cruzar el espejo.

Maximo se paró ante una puerta y llamó.

La señora Plotzky en persona abrió. Llevaba rulos en el pelo y un lujoso albornoz blanco con zapatillas del hotel a juego. Al ver a Lucy, sonrió encantada.

–¡Hola, qué día tan estupendo! Cuánto me alegro por lo que ha pasado. Cuando los guardaespaldas del príncipe Maximo me explicaron que os ibais todos a Italia...

–¿Dónde está Chloe? –la interrumpió Lucy, enfadada ante la ingenuidad de su canguro.

Sorprendida, la mujer señaló una puerta que había dentro de la suite y, a continuación, volvió al sofá en el que estaba sentada con su labor de punto y su televisión susurrante mientras Lucy iba hacia la puerta que le había señalado.

Una vez allí, se quedó mirando la habitación, que estaba a oscuras, escuchando a su hija, que respiraba profunda y lentamente. Cuando sus ojos se acostumbraron a la oscuridad, vio un pequeño bulto en el centro de la cama, rodeado de almohadas.

Su hija.

La luz que entraba del salón iluminaba las mejillas sonrosadas de Chloe, que estaba abrazada a su hipopótamo morado.

Lucy se acercó, le acarició el pelo y la tapó con las sábanas. Al tocarlas, se quedó helada. Qué suaves. Eran sábanas de hilo delicado y maravilloso y no sábanas de fibras sintéticas que se habían quedado tiesas de tanto lavarlas en la lavandería de la calle.

Lucy miró atentamente la habitación palaciega en la que se encontraban. Desde los ventanales se veía el lago Michigan y la estancia gozaba de todos los lujos y las comodidades imaginables.

Nada que ver con su diminuto apartamento donde

las ventanas temblaban cada vez que pasaba el tren, aquel apartamento en el que la cuna de Chloe estaba pegada a su cama, que a su vez estaba pegada a la cocina, aquel apartamento en el que hacía frío durante todo el año por mucho que intentara subir el termostato, aquel apartamento en el que había arañas y ratones por mucho que limpiara.

Chloe se giró, se estiró y suspiró contenta, lo que hizo que a su madre se le formara un nudo en la garganta.

Su hija merecía vivir así.

«¿Acaso no quieres ser rica? ¿No te gustaría tener tiempo para estar con tu hija y dinero para comprarle todo lo que quisiera?».

Le pareció oír la voz de Maximo mientras volvía a acariciarle el pelo a su hija. Al hacerlo, se fijó en las coderas de su pijama, que estaban completamente desgastadas, y sintió ganas de llorar.

Alex le había dicho que la quería y le había pedido incluso que se casara con él. Le había suplicado que tuviera un hijo con él. De hecho, nunca había querido ponerse preservativos cuando hacían del amor, se había reído de sus miedos y la había seducido. Era mayor que ella, tenía un buen trabajo y le había prometido que tanto ella como su hijo tendrían seguridad y amor para siempre.

Y Lucy se había enamorado de él y le había creído.

Y el sueño se había tornado pesadilla cuando, al volver a casa el día de Nochebuena del año anterior, a punto de dar a luz, con varias bolsas de la compra y cantando villancicos había abierto la puerta y se había encontrado el apartamento vacío y oscuro.

La ropa de Alex había desaparecido. Su cepillo de dientes no estaba. Su maletín, tampoco. Ni su ordenador. Incluso se había llevado el anillo de pedida que

Lucy había guardado con mimo en su cajita de terciopelo cuando había tenido que dejar de ponérselo por
tener los dedos muy hinchados.

Todo había desaparecido.

Había pasado un año, pero Lucy todavía sentía náuseas cuando oía en la radio *Deck the halls*.

La había abandonado, pero eso le daba igual. Lo
que no le daba igual en absoluto era que también hubiera abandonado a su hija. Incluso había intentado negar que fuera suya.

Lucy no se lo iba a perdonar jamás.

Tampoco se iba a perdonar a sí misma por haber
confiado en él. A veces, todavía le parecía escuchar su
voz diciéndole: «Te quiero, Lucy. Siempre estaré a tu
lado para cuidar de ti».

«Mentiroso», pensó Lucy mirando a su hija.

Alex se estaba perdiendo algo maravilloso, pero
Chloe también porque no tenía padre.

Lucy se quedó pensativa. Si pudiera hablar con
Alex, seguro que podría hacerle comprender lo que había hecho, seguro que Alex se daría cuenta de que quería a su hija y se comportaría como un padre decente y,
por fin, su hija estaría a salvo y los tendría a los dos
para protegerla.

Lucy decidió que todavía estaba a tiempo de darle a
su bebé la vida que se merecía.

Le costara lo que le costara.

Aunque hubiera trampa.

Para darle una buena vida a su hija, Lucy estaba
dispuesta a hacer lo que fuera necesario. Trabajar hasta
la extenuación, vender su cuerpo e incluso su alma.

De repente, lo tuvo claro, se despidió de su hija con
un beso en la frente, habló un momento con la canguro
y fue a buscar a Maximo.

Lo encontró en el pasillo, apoyado en la pared.

–¿Y bien? ¿Qué has decidido?

Lucy elevó el mentón.

–¿Mi hija no tendrá que volver a preocuparse por el dinero? ¿Tendrá comida y una casa caliente en la que será feliz y estará segura?

–Correcto.

–¿Y yo podré hablar con Alex en persona?

–Claro que sí –contestó Maximo con un brillo especial en los ojos.

–Entonces, acepto tu oferta.

Capítulo 4

VA BENE –contestó Maximo mirándola con un brillo extraño en los ojos–. Ven conmigo.

Cuando la tomó de la mano, Lucy sintió una descarga eléctrica de alto voltaje. Maximo la llevó hacia ascensor. Era Heathcliff llevándola por el páramo. era el señor Rochester exigiéndole lo que no tenía derecho a exigir...

Era el príncipe Maximo d'Aquilla llevándola a su habitación.

En el ascensor, se puso detrás de ella y le colocó las manos de manera posesiva sobre los hombros. Lucy cerró los ojos. Sus manos parecían de oro, pues eran suaves como terciopelo, brillantes, fuertes... prohibidas.

Pero Maximo no era Heathcliff, pues Heathcliff amaba tanto a Cathy que había estado dispuesto a matar por ella, a morir por ella, y se había vuelto medio loco cuando la había perdido.

El príncipe italiano que tenía detrás en aquellos momentos, tan cerca de ella que sentía el calor que irradiaba su cuerpo, ni siquiera la veía como a una mujer.

«No eres mi tipo. Demasiado sencilla, demasiado mal vestida y demasiado joven», le había dicho.

«Es mejor así» pensó Lucy.

Estaba harta de los hombres. No quería saber nada de ellos. No quería saber nada del amor. Lo único que le importaba era su hija y darle una buena vida a cualquier precio.

El ascensor se paró en la quinta planta y Maximo la guió hasta el final de un pasillo. Lucy oyó risas, brindis, caricias de copas de cristal, voces que hablaban en inglés y en italiano y la música de los violines.

Maximo abrió la puerta de su suite y Lucy se quedó con la boca abierta.

En un rincón, había un cuarteto de cuerda interpretando el *Invierno* de Vivaldi, reconoció a dos actrices de Hollywood y a un senador. En aquella habitación no sólo había música, también había dinero y poder.

–¡Esto es un palacio! –exclamó.

–No tengo palacios en este país –contestó Maximo quitándose el abrigo–. Esto es sólo la suite presidencial.

Sólo.

Lucy pensó que pasar una noche en aquella suite debía de costar tanto como lo que ella pagaba por un año entero de alquiler.

–¿Estás celebrando una fiesta de fin de año? –le preguntó.

–Pronto estaremos celebrando algo más que el fin de año –contestó Maximo mirándola con los ojos entornados de manera sensual–. Quédate aquí.

Las personas allí reunidas, todas ellas muy glamurosas, se estaban comenzando a girar para mirarla. En especial, dos mujeres, una rubia y otra castaña, que la estaban observando de arriba abajo y cuchicheando.

–Preferiría esperarte fuera... –comentó Lucy mojándose los labios de manera nerviosa.

–No, espérame aquí –insistió Maximo de manera autoritaria–. Si alguien se acerca a hablar contigo, no le digas lo que haces aquí –le ordenó.

–No hay problema –contestó Lucy sinceramente.

¿Cómo se lo iba a explicar a otra persona cuando ni ella misma lo comprendía?

A continuación, se quedó mirando a Maximo, que cruzaba la estancia hacia el bar. Todas las mujeres, jóvenes y mayores, solteras y casadas, parecían querer llamar su atención.. Sin embargo, hubo dos mujeres muy guapas y elegantes que, en lugar de ir tras Maximo, se dirigieron directamente hacia Lucy.

La rubia, ataviada con un apretado vestido rojo, la miró de manera burlona y Lucy se dio cuenta de repente de que llevaba unas zapatillas de deporte viejas, ropa de segunda mano y una cola de caballo medio deshecha.

–Qué conjunto tan bonito llevas –sonrió la recién llegada.

Lucy se sonrojó. Sabía perfectamente que su ropa no estaba a la altura de las circunstancias, pero a ella le gustaba. El jersey que llevaba era de su madre y le gustaba ponérselo cuando tenía que trabajar de noche porque le hacía sentirse cerca de ella. Además, a Chloe le gustaba el gato que llevaba en la parte de delante.

–Ya sé que se lleva lo natural, pero esto es ridículo, ¿no te parece, Esmé?

–Arabella, por favor, no te pongas así –contestó la mujer de pelo castaño–. Esta chica no ha venido más que a fregar los baños.

Lucy se quedó helada, recordando la cantidad de veces que había tenido que sufrir bromas parecidas de pequeña. Su madre y ella se habían cambiado de casa muchas veces y Lucy siempre había sido la nueva en el colegio. Al llevar gafas gruesas y ropa vieja, siempre había sido blanco fácil para las bromas de los demás. Y, cuando su madre había muerto, las cosas habían empeorado. Entonces, había decidido pasarse las horas en la biblioteca del colegio, pues los libros eran sus únicos amigos...

—Hola, Esmé —dijo Maximo apareciendo de repente—. Hola, Arabella —añadió besando a ambas mujeres en las mejillas.

Al recibir su atención, ambas se atusaron el cabello como flores buscando el sol.

—Veo que ya conocéis a Lucia —les dijo.

Esmé miró a la aludida y se rió.

—Ah, ¿así que es tu amiga? Creía que era la doncella. Que excéntrico por tu parte, Maximo. De verdad que no entiendo por qué prefieres salir a la calle a comprar una hamburguesa normal y corriente cuando podrías comer *foie gras* en tu propia suite.

Evidentemente, no estaba hablando de comida.

Aquélla fue la gota que colmó el vaso.

—El *foie gras* está prohibido en Chicago, Esmé —le dijo Lucy con fingida dulzura—. En cualquier caso, no entiendo cómo a una persona le puede gustar comerse un hígado de pato machacado —añadió mirando a la mujer de arriba abajo—. Es asqueroso.

—¿Cómo te atreves?

—Perdón, pero nos tenemos que ir —anunció Maximo disimulando una sonrisa.

—Son casi las doce de la noche, Maximo —le recordó Esmé corriendo tras ellos, que iban hacia la puerta de la habitación—. ¡No olvides que has prometido besarme a medianoche!

—¡No, me va a besar a mí! —gritó la rubia.

Maximo cerró la puerta a sus espaldas. Se trataba de una puerta tan gruesa que amortiguó por completo el ruido de la fiesta.

Estaban solos.

–Lo siento –murmuró Lucy aunque no era cierto.

–¿Por qué?

–Por haberme demostrado grosera con tu novia.

–¿Te refieres a *lady* Arabella? –contestó Maximo riéndose–. ¿O a la condesa de Bedingford?

¿Lady? ¿Condesa? Por lo visto, los títulos de nobleza eran tan comunes en el mundo de Maximo como el señor y señora del mundo normal.

–Tú sabrás.

Maximo se encogió de hombros.

–Tener una simple aventura sexual con una mujer no quiere decir que sea mi novia.

–¿Me estás diciendo que te has acostado con las dos? –se sorprendió Lucy.

–Me he acostado con muchas mujeres –sonrió Maximo de manera sensual–. Pero no voy a darte detalles porque ya sabes que los caballeros sabemos mantener la boca cerrada.

–Menudo caballero estás tú hecho –murmuró Lucy–. ¿No te has cuenta de que las dos están enamoradas de ti?

–Lo dudo mucho.

–¡Pero si me querían sacar los ojos por el mero hecho de estar contigo!

–Exageras. En cualquier caso, si una mujer elige amarme, ella sabrá lo que hace porque yo siempre soy muy claro. No tengo ninguna intención de casarme ni le voy a entregar mi corazón a una sola mujer. Las únicas tres cosas a las que les soy fiel en la vida son a mi familia, a mi libertad y a mi empresa –le explicó elevando una copa de champán.

Lucy se quedó mirando aquella copa que el príncipe le tendía. En la universidad, jamás había bebido alcohol porque lo único que le interesaba era estudiar y, cuando había sido madre, no había tenido el dinero como para comprar nada.

–Mira, ya sé que es fin de año y todo eso, pero no estoy de humor. Si lo quieres celebrar, será mejor que salgas ahí fuera y te busques a una princesa, que seguro que hay muchas.

Maximo la miró con las cejas enarcadas.

–¿No estarás celosa?

–No, me dan pena, más bien –contestó Lucy desviando la mirada.

–Esmé y Arabella tienen influencias en ciertos círculos y, aunque personalmente ya no me interesan, profesionalmente me podrían venir bien, así que sigo manteniendo buenas relaciones con ellas. Lo que me gustaría celebrar es que dentro de poco seré el dueño de una pequeña empresa de artículos de piel que añadiré a mi multinacional. Llevo muchos años detrás de esta empresa. En menos de una hora, será mía. A lo mejor la conoces. Se llama Ferrazzi.

Por supuesto que la conocía. Lucy había vendido bolsos de aquella firma, bolsos que costaban tres mil dólares, se trataba del bolsos preciosos de un estilo maravilloso, de piel suave como una caricia y resistentes como el acero.

¿Pero tres mil dólares? ¡Qué locura!

Maximo estaba esperando una contestación y a Lucy le pareció grosero criticar los productos de la firma que iba a comprar, así que carraspeó y se limitó a contestar.

–Sí, la conozco.

–¿Qué sabes de esa empresa?

–Bueno… trabajé hace un tiempo en el departamento de accesorios de Neiman Marcus, así que, por supuesto, conozco los bolsos de Ferrazzi, exactamente igual que conozco los de Chanel o los de Prada. ¿Así que has comprado la empresa?

–Sí.

–Te debe de haber costado unos cuantos millones.

–Cientos de millones –sonrió Maximo con frialdad.

–Es evidente que tienes más dinero que sentido común –le espetó Lucy.

–Es evidente que tú tienes más apego a decir la verdad que tacto –contestó Maximo–. Toma –añadió entregándole su copa de champán cuando llamaron a la puerta.

Mientras un hombre muy delgado le entregaba una carpeta, Lucy probó el champán, que se le antojó dulce y gaseoso como un refresco.

Maximo cerró la puerta, abrió la carpeta y la hojeó. A continuación, le entregó Lucy un documento.

–Tienes que firmar esto –le indicó.

–¿Qué es? –quiso saber Lucy dejando su copa de champán sobre una mesa de cristal.

–Un acuerdo prenupcial.

–Pero... ¿quién se va casar?

–Tú. Conmigo.

Capítulo 5

LUCY levantó la mirada de la carpeta y la clavó en el guapo príncipe que tenía ante sí.

–¿Pero qué dices? –gimió–. ¿Casarme contigo?

–Correcto.

–¡Pero si no te conozco de nada!

–Un buen punto de partida –contestó Maximo sonriendo.

–¿Acabas de decir que no te querías casar y ahora me vienes con que te quieres casar conmigo?

–Sí.

–¿Por qué?

–Empecemos enumerando las razones por las que tú querrías casarte conmigo –contestó Maximo–. Tengo palacios por todo el mundo y una fortuna incalculable que te permitiría comprarte lo que quisieras sin parpadear. No tendrías que volver a trabajar jamás, te codearías con lo más selecto de la sociedad, tu hija iría a los mejores colegios... –enumeró acercándose–. Y, por supuesto, está lo del título.

–¿El título? –repitió Lucy en un hilo de voz, dándose cuenta de lo cerca que lo tenía.

Maximo alargó el brazo y le apartó un mechón de pelo de la cara.

–Sí, vayas donde vayas, durante el resto de tu vida, serás aceptada y admirada porque serás mi princesa, mi mujer, la *principessa* Lucia d'Aquilla.

¿Ella princesa?

De repente, a Lucy se le ocurrió que la única salida que tenía era el alcohol, así que se bebió el champán de un trago, pero nada, seguía sintiendo la boca seca. Aquello no refrescaba lo más mínimo.

Maximo la estaba mirando intensamente. Cuando Lucy se dio cuenta de que se estaba fijando en sus labios, sintió que estaba poseyéndola y, de repente, se fijó en su respiración.

–La gente no se casa por dinero –objetó–. Se casa por amor –murmuró.

–¿De verdad? –se burló el príncipe acariciándole el cuello y mirándola a los ojos–. Sí, puede que tengas razón. Quizás sería por algo más aparte del dinero. Quizás te aceptaría en mi cama.

–¿Cómo?

El príncipe sonrió de manera cruel.

–Esto va ser mucho más deleitable de lo que había pensado. Te haré sentir como jamás te has sentido, te haré gemir y jadear de placer hasta que se te olvide cómo te llamas.

Lucy cerró los ojos. Era consciente de que aquel hombre podía hacer todo lo que había dicho, pues con sólo oírselo describir y con sentir los dedos en el cuello ya se estaba olvidando de cómo se llamaba.

–¿Te gustaría? –le preguntó Maximo rozándole la oreja con su aliento–. ¿Te gustaría sentir las cosas que has leído en los libros?

Lucy se estremeció de pies a cabeza.

Sorprendida, lo miró. Maximo la miraba con arrogancia. Era como si lo supiera todo, como si hubiera leído en su alma que sólo se había acostado con un hombre, un hombre que la había dejado profundamente insatisfecha.

—Pero antes has dicho... has dicho que no era tu tipo y que no me deseabas —le recordó.

—Me he equivocado —contestó Maximo—. Tienes una belleza diferente a la que he visto hasta ahora. La verdad es que no encuentro ninguna razón para que no disfrutemos de nuestro corto matrimonio. Te puedo mostrar lo que es el amor de verdad, lo apasionado que puede ser el amor.

—¿Amor? —le preguntó Lucy sintiendo que el corazón le daba un vuelco.

—Se te casas conmigo, te haré levitar.

¡Ah, esa clase de amor! Por supuesto. No debía olvidar que el príncipe Maximo d'Aquilla era un donjuán que no estaba dispuesto a involucrarse emocionalmente en ninguna relación.

—Pero has dicho que no querías casarte —murmuró Lucy—. ¿Por qué quieres hacerlo conmigo?

—Te tienes muy subestimada —contestó el príncipe acariciándole los brazos—. No sabes lo que vales, Lucia.

Lucia.

Cada vez que la llamaba así era como una caricia que la hacía sentirse exótica, guapa y deseada, una sensación que le gustaba pero que también le daba miedo.

Lucy tomó aire.

Sabía por experiencia que, cuando un hombre guapo hace demasiadas promesas, está mintiendo. ¿Por qué estaba Maximo intentando hacerla creer que la deseaba?

«Porque cree que, si no me seduce, no me casaré con él».

Al darse cuenta, encontró la fuerza para apartarse y elevar el mentón en actitud desafiante.

—No te quieres casar conmigo porque me encuentras guapa –le espetó–. Tus abogados deben de llevar horas trabajando para redactar este acuerdo, así que deja de intentar seducirme porque no soy una de esas pobrecillas que se derriten a tus pies. Quiero saber exactamente por qué te quieres casar conmigo. ¿A quién haces daño con ello y cómo?

–*Cara...* –contestó Maximo levantando las manos en actitud suplicante.

–¡No! –exclamó Lucy echándose atrás para que no la tocara–. No me llames *cara*. ¡Quiero datos puros y duros!

La expresión de Maximo cambió y, de repente, estalló en carcajadas.

–*Bravo, signorina* –exclamó aplaudiendo encantado–. Eres la primera mujer que se me resiste desde que tengo quince años. Bravo, respeto tu inteligencia.

Lucy se sonrojó ante su cumplido.

–Ya que así lo quieres... –continuó Maximo abriendo el acuerdo–. Vamos a los hechos puros y duros. Nuestro matrimonio durará aproximadamente tres meses. Durante ese tiempo, podrás gastar mi dinero como si fuera tuyo. A cambio, yo tendré el control y la gestión completos de todos tus activos actuales y futuros –le explicó–. ¿Te parece bien?

–Lo único que tengo es una vieja furgoneta Honda que apenas funciona –contestó Lucy riéndose con amargura–. Si quieres controlar y gestionar ese coche, por mí no hay problema.

–Cuando nos divorciemos, tendré que pagarte el precio de mercado de cualquier cosa que me quiera quedar y, además, te recompensaré con diez millones de dólares por cada mes que hayamos estado casados –continuó Maximo.

Lucy se quedó mirándolo atónita.

–¿Me darías treinta... millones... de dólares?

–Sí.

Lucy cerró los ojos.

No tendría que volver a trabajar jamás, podría pasarse el día entero jugando con su hija, Chloe tendría lo mejor del mundo, los mejores colegios, juguetes y ropa nuevos, clases de ballet, de italiano y de saxofón, todo lo que quisiera. Podrían tener la casita coqueta y acogedora con la que siempre había soñado, podría poner la calefacción al máximo, podrían comprar el árbol de Navidad más grande, Chloe podría tener un caballo o, mejor, una cuadra entera, podrían viajar, podría ir a Harvard.

Podría tenerlo todo, lo que quisiera.

Lucy intentó mantener la calma, pero le temblaban las manos.

–¿Y yo qué tendría que hacer a cambio?

–Tendrías que ser mi esposa en todos los sentidos, devota, sumisa y complaciente.

Lucy se mojó los labios.

–¿Tendría que hacer algo ilegal?

–No.

–¿Inmoral?

–Eso depende de cómo se mire. Sería un matrimonio de conveniencia, ya lo sabes. Hace un rato, no te gustaba la idea. ¿Qué opinas ahora?

Ahora, se lo estaba pensando.

–¿Sólo tres meses?

–Más o menos –contestó Maximo–. Lo que tarde en morirse un hombre, un hombre al que no conoces.

–Ah –se sorprendió Lucy.

–Es viejo y está enfermo. En cuanto se muera, nos divorciaremos y tendrás más dinero del que te puedas imaginar.

–Ya, pero me parece un poco feo estar esperando a que... otra persona se muera...

–Todos nos vamos a morir algún día, *cara*.

–Sí... es cierto –recapacitó Lucy paseándose por la habitación–. Pero tú no tendrás nada que ver en su muerte, ¿verdad? –le preguntó de repente.

–¿Me tomas por un asesino? –se indignó Maximo.

Lucy no lo conocía de nada, así que no lo tomaba por nada y lo tomaba por todo. Nada de aquello tenía sentido.

–Estoy intentando comprender la situación.

–Pues no intentes comprender nada. Tú limítate a firmar –contestó Maximo.

–Espera un momento, por favor –le rogó Lucy tapándose los ojos con las manos.

«Tengo que pensar con claridad», se dijo a sí misma.

Sin embargo, las propuestas que le había hecho el príncipe eran demasiado tentadoras. Claro que, ¿por qué iba a tener un príncipe tan guapo tanto interés en casarse con ella?

–¿Qué tengo yo como para valer treinta millones de dólares? ¿Y qué tiene que ver Alex con todo esto? –quiso saber.

Maximo apartó la mirada y apretó los dientes.

–Te he hecho una buena oferta. Si no te gusta, mándame al infierno y vuelve a tu vida de siempre.

Al oír aquello, Lucy sintió miedo. ¿Cómo iba a volver a su vida de siempre? ¿Cómo iba a despertar a Chloe, que dormía en una maravillosa suite, para llevársela a una casa llena de ratones?

–De lo contrario, firma el acuerdo y cásate conmigo –insistió Maximo poniéndole el acuerdo delante y tendiéndole un bolígrafo.

–Pero...

–Pero nada. Elige.

Lucy se quedó mirando el bolígrafo.

Sabía que era una locura firmar sin un abogado que le explicara exactamente dónde se metía. ¿Cómo se iba casar con un hombre al que no conocía de nada? ¿Cómo se iba a ir a Italia con un príncipe tan guapo? ¿Cómo iba a pasar de ser una madre soltera desesperada a una princesa poderosa? ¿Ser tan rica como para que su hija, su nieta y su bisnieta pudieran disfrutar de la vida sin tener que trabajar, disfrutando y siendo felices?

Lucy aceptó el bolígrafo.

Sería una locura no firmar. Tenía que arriesgarse a aceptar lo que el príncipe le ofrecía o volver a su vida de siempre, una vida que lo único que le ofrecía era el riesgo de tener que vivir en la furgoneta con su hija ahora que había perdido el trabajo.

Treinta millones de dólares.

Aun así, dudó.

–¿Y tus necesidades?

–¿Mis necesidades?

–Tus... necesidades –insistió Lucy sonrojándose–. Te advierto que no pienso acostarme contigo.

–Ah, eso, ya veremos –contestó Maximo sonriendo de manera sensual.

–No –le advirtió Lucy apretando el bolígrafo–. No estoy tan loca como para enamorarme de un hombre como tú.

–Aquí nadie está hablando de enamorarse. Me he acostado con muchas mujeres y nunca ninguna de ellas me ha roto el corazón. Estamos hablando de placer.

Por eso, precisamente, no podía permitir que la tocara jamás. Un donjuán como Maximo podría seducirla con su cuerpo, pero Lucy no se creía capaz de dejar el corazón fuera de la ecuación. No creía que fuera a ser capaz de hacer el amor sin estar enamorada y ya había sufrido bastante.

Debía protegerse por el bien de su hija porque quería ser una madre cariñosa y alegre y no una madre deprimida y vacía.

–Me da igual lo que creas –comentó–. Jamás podrás obligarme a acostarme contigo.

–¿Crees que tendría que obligarte? –le dijo Maximo acariciándole el labio con el dedo pulgar.

Al sentir aquella caricia tan íntima, Lucy experimentó miles de explosiones de deseo floreciendo por todo su cuerpo.

Maximo sonrió.

–Si decido seducirte, te entregarás a mí tú solita.

«Sí», pensó Lucy mirándolo anonadada.

Sin embargo, tomó aire y se apartó de él.

–Jamás –le espetó.

–Así que me retas, ¿eh? Maravilloso –comentó Maximo acariciándole la mejilla–. Eres una caja de sorpresas.

Lucy se moría por que la besara, pero debía resistirse.

«Resistid», les ordenó a sus piernas.

Pero no podía moverse y Maximo se estaba inclinando sobre ella.

Entonces, llamaron a la puerta.

–Tu última oportunidad –le advirtió Maximo tomándola del mentón–. Firma el acuerdo o vuelve a tu vida de siempre. Mi oferta termina a medianoche.

Ya era casi medianoche. Lucy miró el reloj y tomó aire. A continuación, apretó el bolígrafo que tenía en la mano e hizo lo que sabía que tenía que hacer.

Se inclinó sobre la mesa.

Dudó.

Firmó.

En cuanto hubo terminado de estampar su firma, Maximo le arrebató el bolígrafo con expresión inescrutable.

–*Bene*.

Lucy se sentía sucia, como si acabara de vender su alma al diablo.

«Esto lo hago por ti, hija mía. Me pase lo que me pase a mí, tú estarás a salvo», pensó.

Maximo abrió la puerta y entraron dos hombres.

–Te presento a mi abogado, Standford Walsh, y al juez Darlington, que nos va a casar –le dijo a Lucy.

–¿Ahora?

–Sí –contestó asomando la cabeza–. Esmé, Arabella... venid, *per favore*.

–¿Sí, Maximo? –ronroneó la condesa.

–¿Qué necesitas? –murmuró la rubia.

Maximo les dedicó una sonrisa encantadora.

–Necesito dos testigos para mi boda.

Capítulo 6

EL DÍA que había descubierto que estaba embarazada, Lucy había comenzado a planear la boda con la que siempre había soñado. Sería en una pequeña ermita blanca, en primavera, con muchas flores, llevaría un vestido blanco y de plumas y la tarta sería casera. Alex estaría a su lado y ella llevaría en brazos a su bebé.

Jamás se había imaginado que iba a casarse con un desconocido en un hotel, nada de ermita ni de tarta ni de vestido. Cuando se había vestido para ir a trabajar aquella tarde y se había puesto unos vaqueros y el jersey de su madre no se le había pasado por la cabeza que se estaba vistiendo para casarse, así, con el pelo recogido en una coleta y sin maquillaje.

No tenía amigas ni familia, así que le daba igual que los testigos de su boda estuvieran siendo el abogado de Maximo y las dos preciosas mujeres que le estaban clavando sus miradas como puñales en la espalda.

Se le hizo extraño que no se le hiciera difícil prometer amar, respetar y obedecer a Maximo. Fue demasiado fácil. Repitió las palabras del juez, copiando las respuestas de Maximo, hipnotizada por sus ojos, que no dejaban de mirarla.

De repente, Maximo le puso en el dedo anular una alianza de oro y todo terminó.

–¿Te encargas tú de la licencia? –le preguntó Maximo al juez mientras le estrechaba la mano.

–Por supuesto. Bueno, ya estáis casados. Enhorabuena y que seáis muy felices –le dijo a Lucy sonriendo encantado.

–Ha sido una ceremonia preciosa –comentó la rubia–. Qué romántica –añadió mientras Lucy se giraba sorprendida hacia ella, que estaba llorando.

Pero Esmé, la castaña, miraba a Lucy sorprendida.

–¿Cómo lo has hecho? –murmuró–. No eres nada. Mírate –añadió mirándola de arriba abajo–. Llevo tres años muriéndome de hambre para estar delgada y yendo al gimnasio todos los días hasta caer rendida, gastándome una fortuna en ropa y siguiéndolo por todo el mundo con la esperanza de que me mire, de que me bese –añadió con una mueca de dolor–. ¿Cómo lo has hecho? ¿Cómo has conseguido que se enamore de ti?

Lucy sintió una pena inconmensurable por aquella mujer que estaba enamorada de un hombre que no lo merecía, de un ligón incapaz de amar. Lucy sintió la necesidad de consolarla, de decirle que Maximo no estaba enamorado de ella.

–Condesa...

Pero Maximo la agarró de la muñeca con fuerza, como si se hubiera dado cuenta de lo que había estado a punto de decir.

–Ven conmigo –le dijo sacándola de la habitación y llevándola a la fiesta que se estaba celebrando en la suite presidencial.

–Todo el mundo debe creer que estamos enamorados –le advirtió en voz baja–. No debes hablarle a nadie de nuestro acuerdo.

–¡Pero esa mujer está enamorada de ti!

En aquel momento, los invitados comenzaron a rellenar sus copas de champán.

–Acabas de prometer respetarme y obedecerme y ya me estás desafiando.

Los invitados que había repartidos por las diferentes estancias de la suite comenzaron a entonar medio borrachos la cuenta atrás para recibir el Año Nuevo.

–Diez...

Maximo se acercó a Lucy con intención inequívoca.

–Y lo vas a pagar.

–Nueve...

La tomó entre sus brazos.

–Ocho...

–No –protestó Lucy estremeciéndose–. Por favor...

–Siete...

Como había tanto ruido, Maximo le habló al oído.

–Me has desafiado.

–Seis...

Un grupo de jóvenes comenzaron a cantar en italiano.

–Me intrigas.

–Cinco...

Una pareja mayor brindó y se sonrió con ternura mientras Lucy miraba al que se acababa de convertir en su esposo.

–No quiero...

–Cuatro...

Maximo le acarició la mejilla y se acercó a su boca con tortuosa lentitud.

–¿Qué es lo que no quieres?

–Tres...

Aquella mujer tenía unos labios voluminosos y unos pechos turgentes de pezones erectos. Era evidente que quería que la acariciara.

–Que me beses –contestó Lucy.

–Dos...

Al decirlo, sus labios se habían rozado y Lucy sentía ahora que la boca le palpitaba y que una oleada de deseo le recorría el cuerpo desde la punta de la lengua a la entrepierna.

Lo deseaba, pero debía resistirse. No podía permitir que la besara, no debía permitir que su matrimonio empezara así. De hacerlo, ¿quién sabía cómo terminaría?

–¡Uno! ¡Feliz Año Nuevo!

Todos los presentes se pusieron a gritar y a besarse mientras tiraban sus sombreros de fiesta por el aire.

Su príncipe la besó.

Lucy sintió sus labios como plumas e intentó apartarse, pero, a medida que el beso se fue haciendo cada vez más apasionado y ardiente, se derritió entre sus brazos y permitió que Maximo se acercara, le pusiera las manos en las caderas y se apretara contra su cuerpo. Apenas había un milímetro entre sus cuerpos. Maximo se introdujo en su boca y la envolvió de sensualidad, haciendo que Lucy sintiera una explosión de luz en las venas, un estallido de deseo tan fuerte como un relámpago.

Y, entonces, se olvidó de los invitados que los rodeaban, de los senadores y de las actrices, se olvidó de los treinta millones de dólares, se olvidó de que se había prometido a sí misma no volverse a enamorar jamás.

De repente, tuvo claro que quería estar con aquel hombre, que había nacido para ser su mujer.

Una eternidad o un segundo después, nunca lo supo, Maximo se apartó y la miró a los ojos.

–Sí, *cara*, sí –murmuró acariciándole la mejilla–. Te haré mía.

Era suya por fin.

Mientras su avión privado descendía hacia Milán, Maximo cerró el ordenador portátil y miró a su esposa, que dormía en el sofá de cuero blanco que había frente a él, con su hija entre los brazos.

Lucia Ferrazzi.

La había encontrado de milagro. Con el acuerdo prematrimonial, se había asegurado de que tanto ella como su hija estarían protegidas y a salvo para siempre. No volvería a sentirse culpable nunca más, sería libre.

Además, iba a poder vengarse del abuelo de Lucia. Dentro de poco, aquel hombre sabría que lo había perdido todo. El tiempo que le quedara de vida, fuera mucho o fuera poco, sabría que había perdido su querida empresa y a su nieta.

¡Ahora todo era de Maximo!

Giuseppe Ferrazzi creería que Lucia amaba a su esposo, la vería y comprendería que estaba completamente bajo el control de Maximo.

Evidentemente, se iba a enterar de que su nieta y su bisnieta habían sido encontradas, pero no podría hablar jamás con ellas. Giuseppe Ferrazzi iba a morir sin un centavo y solo, que era lo que se merecía.

Maximo sonrió y volvió a mirar a su esposa. Desde luego, aquella mujer no era tan ingenua como habría cabido esperar. Maximo había creído que no le iba a costar nada seducirla por la vida que llevaba, una vida de constantes sacrificios y esfuerzos, una vida de privaciones y de lucha por sobrevivir. Estaba acostumbrado a que las mujeres se entregaran a él con facilidad y no se le había pasado por la cabeza que Lucia pudiera negarse a casarse con él.

Craso error porque, al hacerlo, lo había desafiado y él había aceptado el desafío y la había besado...

Seguía mirándola, fijándose en la coleta deshecha que ya apenas le sostenía los mechones de pelo oscuro. Se había quitado las gafas y la piel le brillaba como si fuera de porcelana.

Aquella chica tenía algo especial a pesar de que iba mal vestida, una fuerza de voluntad inigualable, pero a la vez una vulnerabilidad de lo más sensible.

Era diferente a todas las mujeres que había conocido hasta el momento.

Y cómo besaba.

Maximo se llevó la mano a la boca. Todavía sentía el beso, todavía sentía los labios temblorosos de Lucia, sentía cómo había intentado resistirse desesperadamente antes de ceder...

Maximo tomó aire y saboreó lo que sucedería tarde o temprano. Hacía mucho tiempo que no se sentía tan emocionado ante la idea de seducir a una mujer.

A lo mejor tendría que haberla seducido aquella misma noche en lugar de haber pedido un taxi para que los llevara al aeropuerto.

No, era demasiado pronto.

En cuestiones de seducción, como en los negocios, había que saber elegir el momento oportuno para cada cosa.

Por supuesto, la deseaba y ella también lo deseaba a él. ¿Por qué no? ¿Por qué no disfrutar de todos los placeres del matrimonio? Al fin y al cabo, nunca había estado casado antes y lo más probable era que no se volviera a casar.

Tampoco era que su unión fuera a durar demasiado, así que no había mucho tiempo que perder.

El hecho de que Lucia no confiara en él demostraba que era una mujer inteligente. Iba a tener que distraerla para que no leyera atentamente el acuerdo prematrimonial. Iba a vivir rodeada de lujo y de comodidad toda su vida, pero treinta millones de dólares no eran nada. Cuando se divorciaran, Lucia recibiría cientos de millones de dólares.

Quizás demasiado generoso por parte de Maximo, pero quería pagar la deuda entera.

Maximo había encargado una investigación privada sobre ella y así se había enterado de que Lucia había crecido en una casa de acogida, había leído que el último año había pasado por una pobreza terrible y eso lo había llevado a querer asegurarse de que jamás tuviera que pasar por algo parecido.

Y, cuando se divorciaran, sería libre para siempre.

Era cierto que habría perdido su parte en Ferrazzi SpA, pero Maximo suponía que le daría igual porque lo normal era que ninguna mujer quisiera dirigir una empresa. Seguro que sería feliz comprando joyas y ropa y juguetes para su hija, dando fiestas maravillosas y comprándose casas por el mundo. Podría hacer todo lo que quisiera. Incluso si quisiera un marido de verdad, Maximo la ayudaría a encontrarlo.

Iba a ser feliz.

Él se iba a encargar de ello.

Y, entonces, podría olvidarse de ella tranquilamente y disfrutar de nuevo de la vida. Hacía mucho tiempo que no disfrutaba realmente de nada...

De repente, el bebé lanzó un hipo. Estaba dormida entre los brazos de su madre, apoyada en su pecho. Era una niña de lo más dulce.

Maximo pensó que Wentworth había sido, además de un canalla, un idiota al abandonar a Lucia embarazada.

Se merecía lo que le iba a suceder.

Si la hija de Lucia hubiera sido suya, las habría tratado a ambas como a ángeles.

Qué idea tan ridícula.

Giuseppe Ferrazzi moriría en breve y, entonces, Maximo le daría a Lucia un cheque increíble, se despediría de ella y volvería a su maravillosa vida de soltero.

El mundo estaba lleno de mujeres guapas, así que no tenía intención de pasarse toda la vida solamente con una, sobre todo si se trataba de una chica de veintiún años sin ningún estilo y con la boca demasiado grande.

Maximo prefería mujeres más glamurosas y sofisticadas, prefería mujeres guapas y experimentadas que entendieran el juego.

La atracción que sentía por Lucia no duraría demasiado, pronto se aburriría de ella, como le pasaba con todas las demás.

En aquel momento, Lucy abrió los ojos lentamente y se quedó mirándolo, como si creyera estar soñando. A continuación, con cuidado para no despertar a su hija, se incorporó, se masajeó el cuello y sonrió con timidez.

–¿Cuánto he dormido?

–Todo el trayecto. Estamos a punto de aterrizar.

–Vaya, así que he dormido mientras cruzábamos el Atlántico –comentó Lucy mirando a su bebé–. Y Chloe, también. No me lo puedo creer después de cómo se puso durante el despegue. Es que es la primera vez que montamos en avión –le explicó.

«No, eso no es cierto», pensó Maximo.

–¿Qué tal el vuelo? –se limitó a preguntarle sin embargo.

Lucy miró a su alrededor, se fijó en los lujosos sofás de cuero blanco y sonrió.

–Te vas a reír, pero no puedo dejar de pensar en... –contestó fijándose también en la impecable moqueta blanca– quién mantendrá todo esto limpio porque no te imagino pasando el aspirador.

–No, tienes razón –sonrió Maximo–. Pago a otras personas para que se encarguen de eso –añadió al tiempo que aparecía una mujer con una gran bolsa de ropa–. Lucia, te presento a Paola Andretti, mi secretaria personal y asesora de moda. Ella te va a ayudar.

–¿Me va a ayudar con qué? –preguntó Lucy.

–Con la ropa –contestó Maximo.

–¡Me gusta lo que llevo puesto!

Maximo se arrellanó en el sofá, seguro de sí mismo con sus pantalones italianos planchados, su camisa negra y sus zapatos negros inmaculados. A continuación, enarcó una ceja y la miró de arriba abajo lentamente.

Lucy se sonrojó.

Bien. Al menos, era consciente de que iba mal vestida.

–Sé que eres una persona a la que le gusta la verdad, así que te la voy a decir. La verdad es que no tienes ni idea de cómo vestir –le dijo–. Tengo diez cadenas de artículos de lujo, alta costura, accesorios e incluso champán. Lo que tú llevas puesto ahora mismo no se lo pondría ni un perro para dormir. Si permitiera que fueras así vestida, nadie se creería que me he enamorado de ti. Así que, partir de ahora, te vas a poner lo que yo te diga.

Lucy se quedó mirándolo con la boca abierta.

–¡De eso, nada! –exclamó indignada poniéndose las gafas.

Paola desapareció discretamente y volvió a la parte trasera del avión, pero Lucy ni siquiera se dio cuenta.

–¡No puedes decirme lo que me tengo que poner! –insistió.

Maximo se limitó a abrir el Chicago Tribune por las páginas de negocios.

–Hasta que aprendas cómo vestir bien tú solita, eso es exactamente lo que voy a hacer.

Lucy frunció el ceño, abrió la bolsa y se quedó mirando el vestido lila de corte trapezoidal, las medias negras transparentes y las botas de cuero que había elegido para ella.

–¿Quieres que me vista como una fulana? –lo acusó.

–Esa ropa es el último grito.

–¡Sí, desde luego, es para ponerse a gritar!

–¿Desde cuándo eres tú quién para opinar sobre estilo a la hora de vestir?

Lucy apretó los dientes.

–¡Este jersey era de mi madre!

–¿De tu madre? –musitó Maximo volviendo a interesarse por los titulares de la prensa–. Imposible.

–¿Por qué dices eso? ¡Tú no la conocías!

Recordando de repente de quién estaba hablando Lucy, Maximo dejó el periódico a un lado.

–Lucia...

–¡Me llamo Lucy!

–Lucia, me parece que no te das cuenta de lo que está sucediendo. Mi empresa marca las tendencias de moda en todo el mundo, así que, mientras seas mi esposa, debes vestir con respeto hacia ti misma.

–¿Respeto hacia mí misma? –gritó Lucy–. ¡Por ponerme esa ropa no significaría que me respeto más a mí misma! ¿Qué más da lo que me ponga? ¡Bueno, supongo que a la gente rica y esnob como tú no os da igual!

—Mamá –tartamudeó Chloe estirando los brazos en busca de su madre.

A pesar de que estaba enfadada, el rostro de Lucy cambió al instante de expresión.

—Buenos días, preciosidad –le dijo con ternura mientras la besaba en las mejillas–. ¿Has dormido bien?

A continuación, se irguió de nuevo y miró a Maximo como si fuera un intruso, un canalla dispuesto a cometer la crueldad de obligarla a ponerse ropa de diseñador.

Maximo suspiró y se echó hacia delante.

—Lucia, *per favore*...

—¡No! –exclamó Lucy tirando el vestido al suelo como si fuera basura.

Maximo se dio cuenta de que había herido sus sentimientos.

«*Maldizione*», pensó.

Iba a tener que ir con mucho más cuidado de lo que había creído.

—Eres una mujer muy guapa, *cara*, y yo lo único que quiero es que todo el mundo se dé cuenta. Quiero que toda Europa admire tu elegancia y vea que eres una mujer diferente a todas las demás, una mujer de buen corazón, mente aguda y fuerza de voluntad inigualable, quiero que se den cuenta de que eres *bellissima*.

—¿*Bellissima*? –repitió Lucy tímidamente, sin atreverse a mirarlo.

—Mírame.

Lucy tomó aire y levantó la mirada y Maximo se inclinó hacia delante para cubrir el pasillo que los separaba.

–De verdad –le aseguró tomándole las manos entre las suyas–. Eres realmente preciosa –añadió besándole los nudillos de la mano derecha, abriéndole la mano izquierda, que le temblaba, y besándola en la palma–. Quiero que todo el mundo lo sepa. Por favor, pruébate esa ropa. Hazlo por mí.

–Está bien –accedió Lucy poniéndose en pie.

Mientras se agachaba a recoger el vestido que había tirado, Maximo se dio cuenta de que había cometido un gran error. Aquel vestido habría sido perfecto para Esmé o para Arabella, pero no para Lucy.

–He cambiado de opinión –anunció.

–Pero...

–No, ese vestido no es para ti. Vamos a llegar un poco más tarde al lago Como porque vamos a ir de compras en Milán –anunció–. Os voy a comprar ropa a las dos –añadió fijándose en que Chloe llevaba un pijama muy viejo.

Lucy sonrió encantada.

–Oh, Maximo, ¿de verdad? Chloe ha crecido mucho y toda la ropita se le ha quedado pequeña. Me encantaría comprarle ropa nueva. ¿Estás seguro de que no te importa? Lo digo por el dinero, ya sabes.

Maximo estuvo a punto de estallar en carcajadas. Ver a su esposa tan feliz, sonriendo radiante, le hizo preguntarse por qué no se le habría ocurrido antes decirle que la iba a llevar de compras.

–Puedes comprar todo lo que quieras –le dijo sinceramente–. Si en Milán se quedan sin ropa, iremos a Roma.

–¡Oh! –exclamó Lucy encantada–. Pero es treinta y uno de diciembre, las tiendas estarán todas cerradas –se lamentó de repente.

–No te preocupes, abrirán –contestó Maximo riéndose.

–¿De verdad?

–Lucia, la mitad de las tiendas de Milán son mías y a la otra mitad le gustaría serlo.

–Como las mujeres –murmuró Lucy con cierta tristeza.

–Yo sólo tengo una esposa –le aseguró Maximo.

Al instante, sintió que temblaba y sintió la tentación de besarla, pero Chloe, que estaba sentada en el regazo de su madre, le tendió los brazos, lo que lo sorprendió.

Maximo la tomó en brazos y la dejó sobre la moqueta. Al hacerlo, a la niña se le cayó su peluche y Maximo se apresuró a recogérselo. Se fijó entonces en que al hipopótamo morado le faltaba un ojo, pero Chloe lo aceptó encantada y feliz, lo zarandeó con fuerza y se rió con abandono.

Y, sin querer, Maximo se encontró recordando de repente la última vez que había tenido un bebé en brazos... el humo... el fuego... un grito y una explosión...

–¿Qué te pasa? –le preguntó Lucy.

Maximo sacudió la cabeza, intentando apartar aquella imagen de su mente.

–Nada.

Sin embargo, se dio cuenta de que haber recordado aquello demostraba que la situación era más arriesgada de lo que creía. Lucia y su hija habían derribado sus defensas y lo habían obligado a recordar todo lo que quería olvidar.

Seducir a Lucia iba ser peligroso.

Que fuera peligroso también lo hacía más atractivo. Estaba a gusto en su compañía, lo que demostraba que su vida, llena de placeres, no tenía chispa.

Necesitaba el fuego de Lucy, la necesitaba a ella.

Así que la haría suya. Lo único que tenía que hacer

era estar constantemente alerta, no mostrarse jamás vulnerable, no abrir su corazón.

Se tendría que limitar a disfrutar de ella.

Con un poco de suerte, el viejo moriría cuando ya la hubiera seducido por completo y, entonces, podría decirle que hiciera las maletas y que se marchara.

Capítulo 7

AQUELLA misma tarde, mientras viajaba en el asiento trasero del Rolls Royce que los estaba llevando de Milán al lago Como, Lucy apenas se reconocía a sí misma.

Tampoco reconocía mucho a Maximo, la verdad. ¿Qué había ocurrido con el príncipe egoísta y arrogante? Durante las horas que habían transcurrido desde su llegada a Italia, se había comportado de manera encantadora. Se había pasado toda la mañana siguiéndola de una boutique infantil a otra, llevándole las bolsas, empujando el precioso carrito nuevo de Chloe.

Cuando el maletero del Rolls había quedado lleno de bolsas de ropa de bebé le había dicho que había llegado el momento de comprarse ropa para ella.

Y la había esperado pacientemente en todas las tiendas. Prada, Channel, Versace, Valentino. Mientras ella se probaba ropa, le había leído a Chloe los cuentos que acababan de comprar hasta que se había quedado dormida en el carro y, cada vez que Lucy salía del probador muerta de vergüenza, le daba su veredicto con un brillo especial en los ojos y con un ocasional *bellissima*.

En todas las tiendas la habían tratado de maravilla. En la última parada que habían hecho, en el balneario más famoso de Milán, la habían atendido seis personas. Una la había maquillado, otra la había peinado, otra le había hecho la manicura y otra la pedicura, mientras una quinta persona le masajeaba los hombros y la última le llevaba un café americano.

Habían sustituido las gafas por lentes de contacto, habían convertido su cola de caballo en un cabello lavado, cortado y recogido con cuidado en un elegante moño. El maquillaje que llevaba era muy natural, sin artificio. En aquellos momentos, llevaba puesta una blusa muy sofisticada con una falda estrecha y un abrigo de cachemir con cinturón en color tabaco.

Nunca se había sentido tan femenina y elegante.

Las gafas y las cosas de Chloe reposaban en su impresionante bolsas de cuero de Ferrazzi.

Ahora tenía una bolsa de tres mil dólares para llevar los pañales.

Lucy cruzó las piernas y se fijó en las botas de tacón alto que llevaba mientras acariciaba de manera ausente el collar de perlas que colgaba de su cuello y pensaba que, quizás, Maximo tuviera razón y cambiar de ropa podía cambiar la manera de sentir de una persona.

—Estás magnífica, *cara* —le dijo Maximo en aquel momento.

Lucy se sonrojó y lo miró de soslayo.

—Creía que me ibas a decir que estaba pasable.

—¿Pasable? *Dio santo! Sei bellissima*. Eres una mujer muy guapa, Lucia.

Lucia.

Vestida así, en un Rolls Royce, yendo hacia una mansión, en Italia y casada con un príncipe sentía que aquel nombre le iba.

Nombre nuevo.

Apariencia nueva.

Nuevas esperanzas.

De alguna manera, le apesadumbraba que la duración de su matrimonio dependiera de la muerte de un anciano, pero, como le había indicado Maximo, todo el mundo moría. La vida era así. Ella misma había perdido a su madre con doce años y a su padre ni siquiera lo había conocido.

Lucy pensó en su hija y se dio cuenta de que Chloe jamás tendría que pasar por la precariedad que ella había conocido. Chloe tendría siempre una seguridad material y Lucy estaba segura de que, en cuanto hubiera hablado con Alex, también tendría un padre.

Lucy miró a su bebé, que iba sentada en su silla especial, tomándose muy contenta el biberón. En lugar del viejo pijama que solía llevar, tenía puesto un vestido rosa de cuello redondo, leotardos blancos y botas de ante blancas con piel de oveja por dentro.

La preciosa ropa italiana que le habían comprado era tan bonita que casi daba pena utilizarla y le iba a durar, por lo menos, hasta que hubiera cumplido tres años.

Verla así de feliz hizo que se le saltaran las lágrimas.

–Gracias –murmuró mirando a su marido y sonriendo–. No sé cómo darte las gracias por todo esto.

–¿Por ir de compras? –contestó Maximo sorprendido–. No me tienes que dar las gracias. La verdad es que me estoy arrepintiendo porque estás tan guapa que ahora todos los hombres van a querer estar contigo –se lamentó–. Estoy empezando a pensar que, quizás, tendrías que volver a ponerte el jersey de tu madre.

Lucy lo miró sorprendida.

Maximo le dedicó una profunda mirada.

¡Y Lucy se dio cuenta de que estaba flirteando con ella! Por supuesto, intentó controlarse y no responder a su seducción, pero le costó bastante.

–Eres un hombre difícil que satisfacer.

–No, eso no es cierto. Yo lo único que quiero es que seas feliz.

Su mirada era como un manantial de agua caliente y Lucy sintió que la flor marchita en la que se había convertido su corazón volvía a la vida.

¡No!

No debía permitir sentirse atraída por él, no podía permitir que la sedujera, no iba a permitir que poseyera su cuerpo... ni su corazón. Porque cuando la dejara, lo que ocurriría en pocos meses, se quedaría destrozada. Tres meses. Sólo tres meses y Chloe y ella estarían seguras para siempre.

¿Acaso no iba a ser capaz de aguantar la seducción de un hombre durante tres meses? Claro que aquel hombre no era un hombre cualquiera, sino el príncipe Maximo d'Aquilla...

Lucy se mordió el labio inferior y se puso a mirar por la ventana. Discurrían en aquellos momentos por una pequeña carretera nevada. Incluso en Italia, el invierno se dejaba notar. Claro que el invierno de allí era muy diferente al de Chicago. Para empezar, hacía menos frío.

La limusina desaceleró la marcha para tomar por una calle estrecha que subía serpenteando por las montañas hacia un pueblo. La nieve brillaba bajo el sol como un gran diamante que rodeaba un lago de zafiro.

–Aquillina –dijo Maximo–. Mi hogar.

Lucy miró encantada a los habitantes de aquel lugar, que bajaban andando por la calle principal, charlando mientras pasaban por tiendas preciosamente decoradas. Los hombres mayores se quitaron las boinas para saludar cuando el Rolls pasó a su lado mientras que las jóvenes madres señalaban el coche a sus hijos y un grupo de seis o siete chiquillos salía corriendo detrás de la limusina, gritando con alegría.

–Es muy bonito –comentó Lucy mirando a Maximo.

–Me alegro de que te guste –contestó él sonriendo con amabilidad.

Lucy sintió que el cuerpo entero le temblaba ante su mirada.

«Ya basta», se dijo a sí misma furiosa.

Pero su cuerpo se rió de ella. No podía controlar sus reacciones. Tener a Maximo tan cerca hacía que el Rolls Royce se le antojara demasiado pequeño, así que tragó saliva y volvió a desviar la mirada.

–¿Estamos llegando a...? ¿Cómo has dicho que se llama ese lugar?

–Villa Uccello, la casa familiar desde hace muchas generaciones. La perdimos durante un breve espacio de tiempo cuando yo era pequeño, pero ahora es mía otra vez –le explicó Maximo–. Y durante los meses que están por llegar, también será tu casa –añadió sonriente.

En aquel momento, a Chloe se le cayó su hipopótamo morado del regazo y comenzó a protestar, así que Lucy y Maximo se inclinaron a la vez para recuperarlo del suelo y sus dedos se tocaron.

Lucy se apresuró a retirar la mano como si se hubiera quemado y Maximo, disimulando una sonrisa, le devolvió el peluche a Chloe.

–A ver si tienes más cuidadito –la reprendió.

Lucy frunció el ceño sorprendida. No iba a permitir que le hablara así a su hija. Sin embargo, vio que la niña sonreía, alargaba el bracito y le tocaba la nariz, momento que Maximo aprovechó para ponerse bizco, haciendo que Chloe estallara en carcajadas. Entonces, él también se rió.

Y Lucy sintió que le faltaba el aire.

–Se te dan bien los niños –reflexionó en voz alta–. ¿Tienes hijos?

Al instante, Maximo se puso serio.

–No –contestó de manera brusca–. No he estado casado nunca.

–Eso no quita para...

–Jamás tendría un hijo sin estar casado con su madre. Me parece irresponsable.

Lucy sintió que se sonrojaba ante aquellas palabras. Era evidente que la tenía por una irresponsable por haberse quedado embarazada. Y lo cierto era que así había sido.

Lucy sintió que se le formaba un nudo en la garganta al recordar las promesas de amor de Alex. Aunque le había regalado un precioso anillo de diamantes de pedida y la había dejado embarazada, nunca había querido fijar una fecha para la boda y Lucy siempre había encontrado excusas para justificarlo.

Qué estúpida había sido. Había creído que había encontrado un hombre de verdad con el que formar una familia y un hogar después de tantos años de estar sola y, por eso, había renunciado a todo lo demás, había renunciado a la beca universitaria que tanto le había costado conseguir y había renunciado a su sueño de convertirse en bibliotecaria para enseñar a los niños a amar los libros.

Lucy hizo un esfuerzo para que no se le saltaran las lágrimas y apartó la mirada. No debía olvidar aquel dolor, no podía volver a ser vulnerable y débil, pues era la única persona que su hija tenía, su único apoyo.

–Los niños necesitan un padre –comentó Maximo.

Lucy lo miró furiosa.

–¿Te crees que no lo sé? –le espetó–. Yo nunca tuve padre y, cuando mi madre murió, me quedé completamente sola. ¿Te crees que quiero que mi hija pase por lo mismo? Por eso... por eso creo que cualquier padre, aunque sea egoísta y canalla, es mejor que no tener padre.

–Wentworth no merece ser su padre –contestó Maximo–. Huyó de Estados Unidos para evitar hacerse responsable de su hija.

Lucy tragó saliva y apretó los puños hasta sentir que las uñas se le clavaban en las palmas de las manos.

–Sí, pero es su padre. Mi hija no tiene hermanos ni primos, no tiene a nadie. Necesito saber que, si a mí me sucede algo, se quedará con una persona que la querrá y la protegerá.

–Esa persona no es Wentworth –insistió Maximo muy serio–. En cualquier caso, ha perdido su oportunidad.

–¿Por qué dices eso?

–Porque Alexander Wentworth va a renunciar por escrito a sus derechos paternos sobre Chloe y tú lo vas a convencer para que lo haga.

Lucy se quedó mirando a Maximo anonadada.

–¿Cómo? ¿Quieres que Alex renuncie a sus derechos paternos? ¡No! ¡Es su padre!

–Prometiste obedecer, Lucia.

–¡Sí, obedecer en cosas que no tengan importancia, como quién tiene el mando de la televisión, pero no en cosas tan importantes como ésta!

Maximo la miró con frialdad.

–Si Alex sigue teniendo derechos sobre la niña, podría reclamar su custodia en cualquier momento.

–¿La custodia? –se rió Lucy con amargura–. Me conformo con convencerlo para que la llame por teléfono de vez en cuando o la mande de un regalo por su cumpleaños cuando se acuerde.

–Ese hombre jamás la querrá. Alexander Wentworth sólo piensa en sí mismo. Es un hombre muy peligroso.

–¡Por muy peligroso que tú creas que sea, jamás me quitaría a mi hija!

–Jamás creíste que fuera capaz de abandonarte y lo hizo –le recordó Maximo–. Supongo que eso es porque tú siempre piensas que la gente es buena. Es una noble cualidad, una cualidad de la que yo carezco –añadió en tono más cariñoso.

–Te aseguro que nunca he creído que tú fueras bueno –murmuró Lucy.

Maximo ignoró el comentario.

–Wentworth podría intentar utilizar a Chloe para intentar convencerte de ciertas cosas que no te puedes imaginar ahora. Por ejemplo, podría intentar chantajearte para que renunciaras a cierta herencia.

–¿Qué herencia? –se rió Lucy con incredulidad.

–Será mejor que lo apartes para siempre de tu vida. Si no lo haces tú por las buenas, lo haré yo por las malas.

–¿Pero qué dices? ¿A ti qué más te da? ¡Ni Chloe ni yo te importamos lo más mínimo!

–Te equivocas –le aseguró Maximo mirándola intensamente–. Ambas estáis bajo mi protección. Eso quiere decir que soy responsable de la seguridad de las dos y ese hombre me parece peligroso.

–¡Pero mi hija necesita un padre! ¡Tú mismo lo acabas de decir!

–Si Alexander dice que quiere ser su padre, te aseguro que no será por el bien de la niña. Él sólo piensa en sí mismo.

–Pero...

–Lucia, debes obedecerme –insistió Maximo–. Yo sé lo que es mejor para vosotras.

Lucy comprendió que aquel hombre esperaba que se sometiera a su voluntad. Era a lo que estaba acostumbrado. Ninguna mujer le decía que no al príncipe Maximo d'Aquilla.

Pero ella no podía apartar a Chloe de la vida de Alex, no quería decidir por su hija. Algún día, Chloe se lo podría reprochar. Sin embargo, decidió que no era el momento de seguir discutiendo, así que volvió a fijarse de nuevo en el paisaje.

–¿Qué es eso? –preguntó de repente.

–¿Qué?

–Eso –insistió Lucy señalando una mansión decadente que había en un extremo del pueblo–. ¿Quién vive ahí? –quiso saber fijándose en la que antaño debía de haber sido una elegante villa y que ahora se levantaba en un jardín que parecía una selva con sus ventanas de madera desvencijadas y la pintura cayéndose a pedazos de la fachada.

Maximo dio un respingo.

–¿Por qué lo quieres saber?

–No lo sé –contestó Lucy preguntándose por qué se habría puesto tan tenso–. Simplemente me parece... como sacada de otro lugar.

–Ahí vive un viejo, un hombre por el que nadie se preocupa –contestó apretando los dientes.

–Pero si es viejo, alguien debería...

–Olvídate de él –la interrumpió Maximo.

Estaba tan enfadado que Lucy decidió no insistir y permaneció en silencio hasta que la limusina atravesó unas enormes puertas de hierro.

–Ya hemos llegado –se limitó a anunciar Maximo.

Cuando el coche se paró, el conductor bajó y le abrió la puerta a Lucy, que observó que se encontraba ante una casa enorme, blanca como una tarta de novios, rodeada de jardines maravillosos que daban a un lago de agua cristalina.

–Hemos llegado a mi casa –comentó Maximo–. Estamos en la villa Uccello.

De repente, Lucy se fijó en que había mucha gente en los escalones de la entrada.

–¿Y quiénes son todos ésos? –murmuró.

–Criados y vecinos que han venido a conocerte –contestó Maximo desabrochando el cinturón de seguridad de la silla de Chloe–. Y a celebrar el cumpleaños de la pequeña, ¿verdad, preciosa? –añadió tomándola en brazos.

La niña se rió encantada.

¿Maximo se había acordado del cumpleaños de Chloe? Lucy salió del coche. Se había olvidado por completo de la villa decadente, de la mansión neoclásica a la que acababa de llegar e incluso de la gente que la estaba esperando.

Lo único que veía era a su hija, feliz, en brazos de Maximo.

¿Por qué Alex no habría querido tenerla en brazos así? ¿Por qué no habría querido conocerla? Había ignorado por completo a su hija, la había apartado de su vida como si no existiera y a su madre le había devuelto las fotografías que le había mandado.

Había abandonado a su niña, sin importarle que se muriera de hambre.

Aunque Maximo no llevaba su misma sangre, se estaba comportando como un padre con Chloe. No tenía nada que ver con Alex, que no hacía más que decirle palabras bonitas y prometerle que se iba casar con ella. Maximo d'Aquilla no se había molestado en explicarle nada, prácticamente se había casado con ella por la fuerza, pero las estaba protegiendo a ambas, gracias a él Lucy había podido salir de una situación desesperada, la había convertido en una princesa y la había llevado a Italia.

Aquel hombre se había asegurado de que Chloe y ella tuvieran la vida material arreglada para siempre. Maximo d'Aquilla era un hombre de hechos y no de palabras y, a diferencia de Alex, decía la verdad.

Incluso había tenido la decencia de advertirle que no se enamorara de él.

Lucy se dijo que no había problema a ese respecto porque era incapaz de enamorarse de un donjuán, pero no pudo evitar recordar el beso de la noche anterior.

Todavía podía sentir sus labios, demandando, insistiendo, poseyéndola, haciéndola desear a ella también.

–Vamos, cariño –le dijo Maximo tomándola de la mano.

Y Lucy obedeció.

Mientras subían los escalones de aquella casa tan glamurosa y palaciega, los demás los siguieron al interior, charlando en italiano. Al llegar arriba, una doncella sonriente se hizo cargo del abrigo de Lucy mientras tres ayudas de cámaras se hacían cargo del equipaje y el conductor aparcaba el Rolls Royce en su lugar.

«Estoy viviendo un sueño de hadas», pensó Lucy.

Tras cruzar el vestíbulo, entraron en un gran salón de techos altos en los que había frescos de querubines, ángeles y parejas renacentistas abrazándose. Lucy se quedó sin aliento. ¿Aquel palacio iba a ser su hogar durante los siguientes tres meses?

Y había más. Además de los muebles antiguos, encima de la preciosa chimenea de mármol, había una gran pancarta con unas palabras escritas a mano.

«Feliz cumpleaños, Chloe».

La estancia estaba decorada con cientos de globos y de flores rosas. Junto a la chimenea había una montaña de regalos. Presidiéndola, había una jirafa de peluche casi tan grande como Lucy y en la mesa que había

detrás de un elegante sofá había una tarta de cumpleaños rosa.

Maximo había hecho todo aquello por Chloe, una
niña a la que había conocido el día anterior. Lucy sintió que las lágrimas le bañaban los ojos. El día anterior
no había tenido nada que ofrecerle a su hija, ni regalos
ni tarta ni nada y ahora tenía de todo.

Cuánto habían cambiado las cosas.

–Gracias –murmuró apretándole la mano a Maximo–. No me puedo creer que hayas hecho todo esto
por Chloe.

–No, lo he hecho por ti –contestó Maximo mirándola.

Lucy sintió que su mirada azul le atravesaba el alma.
¿Cómo era posible que aquel hombre hubiera sabido
que aquello era lo que más deseaba en el mundo? El
príncipe Maximo d'Aquilla era el mejor hombre del
mundo.

Lucy sintió que las lágrimas le resbalaban por las
mejillas y, mientras pensaba en una manera de expre-
sarle la profunda gratitud que sentía, sintió que Maximo le apretaba la mano.

A continuación, se dirigió a los presentes en inglés.

–Queridos amigos, gracias por haber venido –les
dijo–. Os quiero presentar a mi mujer. Después de
veinte años, por fin, ha vuelto a casa. Os presento a...
Lucia Ferrazzi.

Capítulo 8

LUCIA Ferrazzi?

Lucy estuvo a punto de gritar.

¿Ferrazzi? ¿Como los bolsos Ferrazzi? ¿Como la empresa que estaba intentando adquirir Maximo mediante una opa hostil?

Lucy miró a aquel hombre que un instante antes le había parecido el mejor hombre del mundo. Ahora, la gratitud y la alegría se habían evaporado.

–¡Lucia Ferrazzi! –exclamaron las cincuenta o sesenta personas allí reunidas–. ¡Lucia Ferrazzi! –gritaban mientras hablaban a toda velocidad tanto en italiano como en inglés.

–¡Lucia Ferrazzi! –sollozó una mujer de pelo blanco–. *Bambina mia...*

Lucy sintió ganas de vomitar.

–Quiero hablar contigo ahora mismo –le dijo a Maximo.

–Luego –contestó él sonriendo encantador–. Primero, saluda a tus invitados y amigos. Algunos de ellos llevan esperando muchos años este momento.

–Pero yo no soy... –protestó mientras se veía separada de Maximo y de Chloe por la multitud que quería abrazarla.

Todos lloraban y repetían su nombre, pero, en realidad, no era su nombre, no la llamaban Lucy Abbott, sino Lucia Ferrazzi.

«*Miracolo*», repetían sin cesar.

Mientras todas aquellas personas a las que no conocía de nada la abrazaban, miró a Maximo, que sonreía y bromeaba con los hijos de los habitantes del pueblo. Estaba tan guapo y maravilloso que Lucy sintió que el corazón le daba un vuelco. Como si no tuviera ni idea del tormento por el que estaba pasando ella, estaba sentado en el suelo tan contento, con Chloe en su regazo, ayudando a la niña a abrir los regalos.

Lucy observó la reacción de alegría de su hija cuando descubrió un tren. Maximo la miró y sonrió y Lucy lo odió.

La había engañado, la había convencido de que era un hombre honrado, pero, en realidad, era todavía peor que Alex.

Aquel príncipe era un fraude.

La mujer de pelo blanco que llevaba ya un buen rato llorando, se acercó a ella y la rodeó con los brazos con tanta fuerza que Lucy estuvo a punto de perder el equilibrio.

−*Mia bambina. Che meravigliosa notizia!* −exclamó con los ojos arrasados por las lágrimas.

Lucy intentó separarse mientras la mujer continuaba hablando en italiano. De repente, se dio cuenta de que la anciana le había preguntado algo y la miraba suplicante, esperando su respuesta.

−Lo siento, pero no hablo italiano y no soy quien usted cree que soy... −se disculpó Lucy.

−Annunziata era tu niñera, tu *bambinaia* −le explicó otra persona.

Lucy se giró y comprobó que se trataba de una chica de unos dieciocho o diecinueve años, menuda, delgada, de pelo oscuro, piel aceitunada y muy guapa.

−Te ha preguntado si has tenido una vida feliz. Dice

que, cuando desapareciste siendo un bebé, rezó todas las noches para que hubieras escapado del incendio y el hecho de que estés ahora aquí le parece un milagro.

–¿Qué incendio? –le preguntó Lucy sospechando que aquella chica sería otro de los ligues de Maximo–. ¿De qué me estás hablando?

La anciana seguía abrazándola y hablando y, de repente, como si las emociones la hubieran desbordado, se fue corriendo y sollozando.

–¿No lo sabes? –se sorprendió la chica–. Eres famosa porque, cuando tenías un año, el coche en el que viajabas con tus padres se cayó por un precipicio y explotó. Tus padres murieron en el acto, pero a ti nunca te encontraron. Todos te dieron por muerta excepto tu abuelo.

–¿Mi abuelo? –repitió Lucy algo confusa.

–Sí –contestó la chica con una media sonrisa–. Aunque el mes pasado pidió a las autoridades que te declararan muerta. Pero yo creo que lo hizo porque necesita dinero y no porque crea realmente que lo estuvieras... ¿adónde vas?

–A matar a mi marido –contestó Lucy apretando los puños.

–¿Cómo?

¿A cuántas personas estaba dispuesto a hacer daño Maximo para hacerse con el control de Ferrazzi?

–Tengo que apartar a mi hija de ese mentiroso –protestó apretando los dientes.

–¿He dicho algo malo? –se lamentó la chica agarrándola del hombro.

–No, todo lo contrario –contestó Lucy.

Maximo estaba de pie entre la gente, en toda su belleza, disfrutando del respeto y de la admiración que todos le profesaban.

¡Era el doble de guapo que Alex, sí, pero también el doble de mentiroso!

Lucy pensó que, cuanto más guapo era un hombre, más egoísta y despiadado resultaba ser.

Se había preguntado varias veces por qué la había rescatado del frío invierno de Chicago y ahora lo sabía. Quería utilizarla para hacerse con la empresa Ferrazzi, quería engañar a todo el mundo haciéndola pasar por aquella pobre niña desaparecida, quería engañarlos a todos, a aquella pobre anciana a la que se le había roto el corazón, al abuelo de la niña, que debía de haber sufrido lo inimaginable y que, cuando se enterara de la verdad, volvería a sufrir por perder a su nieta de nuevo.

¿Y qué le importaba todo aquello a su esposo siempre y cuando él consiguiera la empresa que anhelaba?

Maximo la miró a los ojos y le dedicó una sonrisa de lo más sensual que hizo que Lucy se estremeciera. Si se creía que iba a poder comprar su silencio a través de la seducción, si se creía que iba a poder comprar su integridad con su dinero y su poder, se equivocaba.

Lucy tomó aire. Por supuesto que se equivocaba. Había consentido en vender tres meses de su vida por el bien de su hija. Estaba dispuesta a hacer aquello y mucho más por el bien de Chloe. Por su hija, sería capaz de cualquier cosa, incluso de sacrificar la vida.

¿Pero cómo iba a hacer daño a gente inocente para beneficiar a su hija? Aquello era muy diferente. Era maligno y ella no era ningún monstruo. En la vida, había cosas mucho más importantes que la seguridad económica. Aquello lo había aprendido de su madre.

–Le voy a decir a todo el mundo que su maravilloso príncipe es un mentiroso.

–¡No, no puedes hacer eso!

–Mira, supongo que lo querrás mucho, como todas las demás, pero la verdad es que...

–Sí, lo quiero mucho porque es mi primo –contestó la chica–. Maximo siempre se ha encargado de mi madre y de mí. No sé por qué estás tan enfadada con él, pero, si lo respetas de verdad, debes hablar con él en privado. ¡Es lo mínimo que le debes! ¡Eres su esposa y es tu deber!

–¿Mi deber? –repitió Lucy indignada.

¿Acaso había llegado hasta allí retrocediendo en el tiempo en una máquina y no se había dado cuenta de que estaba en el siglo XIX?

La chica italiana señaló con un expresivo gesto de la mano la decoración, la tarta, los regalos y los niños que reían.

–Mi primo debe de quererte mucho. Seguro que te perdona...

–¿Perdonarme? –se indignó Lucy.

–Te advierto que es un hombre muy orgulloso y que, si lo humillas delante de todo el pueblo, tu matrimonio no será nunca el mismo. ¡No destruyas vuestra vida juntos antes de que haya empezado!

La chica la miraba con sus grandes ojos azules. Le estaba suplicando. Por supuesto, no sabía que su matrimonio con Maximo era de conveniencia. Creía que su primo se había casado con ella por amor.

Eso era exactamente lo que Maximo quería que todo el mundo creyera.

«Claro, se cree que, de esa manera, no será vulnerable jamás», pensó con amargura.

A continuación, miró a su alrededor y vio que los allí presentes hablaban y se reían con gusto, así que decidió controlarse y no decir nada. Lo iba a hacer por aquellas personas, pero no por Maximo.

–Muy bien –accedió–, pero no esperarás que me quede aquí tan tranquila mientras él se dedica a contar mentiras...

–Te voy a enseñar la casa –propuso la chica–. Por cierto, me llamo Amelia. Voy a por tu hija.

Cuando se la entregó a Lucy, ésta comprobó que la niña no estaba encantada de encontrarse entre sus brazos, pues los tiraba hacia Maximo y lloraba y pataleaba.

Sin embargo, Lucy no miró hacia atrás. Temía que la furia y el dolor salieran de su boca o, todavía peor, se imaginaba cruzando el salón y poniéndose de puntillas, o subiéndose sobre una silla, para abofetearlo.

¿Por qué? ¿Por qué se sentía tan dolida? ¿Por qué se sentía traicionada cuando sabía desde el principio que no debía confiar en un hombre tan guapo?

–Tienes una hija preciosa –comentó Amelia acariciándole el pelo a Chloe mientras salían del salón y avanzaban por un pasillo–. Maximo me dice constantemente que estoy perdiendo el tiempo yendo a la universidad. Según él, lo que debería hacer es encontrar a un hombre bueno y casarme con él –añadió sonriente–. ¡Yo siempre le he dicho que tenía que casarse él primero y, ahora que lo ha hecho, me he quedado sin excusas!

–¡Hagas lo que hagas, no dejes la universidad! –le aconsejó Lucy fervientemente–. ¡El amor lo destruye todo!

Amelia, que estaba subiendo las escaleras, se paró sorprendida, se giró hacia ella y la miró.

–Pero tú amas a mi primo. Por favor, no dejes que un enfado te haga olvidarlo. Maximo es un hombre maravilloso. Le gusta dar órdenes, es cierto, pero sólo lo hace para proteger a la gente a la que quiere. No sé lo que habrá hecho para que te enfades así con él, pero, sea lo que sea, estoy seguro de que te quiere, Lucia.

Lucy sintió que se le formaba un nudo en la garganta. Sintió envidia por la pureza de los sentimientos de la otra chica. Amelia quería a su primo y creía que era un hombre maravilloso. Lucy también había creído en la bondad de la gente algún tiempo atrás, así que decidió no arrebatarle aquello a Amelia.

–Háblame de la casa –le pidió tragando saliva.

–Primero quiero enseñarte esta habitación –contestó Amelia parándose frente a una puerta situada en la segunda planta–. Es la habitación infantil.

Lucy no se lo podía creer.

El día anterior le había parecido que las habitaciones del hotel Drake eran las más elegantes que había visto en su vida, pero aquella habitación que estaba viendo en aquellos momentos era dulce. Contaba con unos inmensos ventanales que daban directamente al lago, tenía una moqueta rosa y esponjosa, perfecta para un bebé que gateaba y que pronto comenzaría a andar. La cuna era blanca y las sábanas rosa pálido. También había una estantería de madera blanca con cientos de cuentos infantiles, una cómoda antigua llena de juguetes nuevos y en el armario estaba toda la maravillosa ropita que Lucy había comprado para su hija en Milán.

Lucy se dijo que aquella mañana que habían pasado en Milán, la mañana más maravillosa de su vida, no había sido más que un intento de soborno para convencerla de que se hiciera pasar por Lucia Ferrazzi.

Chloe vio los juguetes y comenzó a patalear para que su madre la dejara en el suelo porque quería explorar y jugar.

Lucy sintió que se le hacía un nudo en la garganta.

Su hija se merecía tener una habitación infantil como aquélla. Le hubiera gustado poder dársela, pero, para ello tendría que seguir casada con un monstruo. Peor aún, tendría que convertirse ella en un monstruo, tendría que hacer daño a otras personas para que su hija creciera entre juguetes y ropa de seda.

–Lo siento mucho –le dijo a la niña al oído, apretándola contra su mejilla–. No puede ser –añadió llorosa.

–Está oscureciendo –anunció Amelia encendiendo la luz–. Así estamos mejor –añadió tendiéndole los brazos a Chloe–. ¿Jugamos un rato? ¡Ahora somos primas segundas y nos tenemos que conocer!

La niña sacudió encantada su hipopótamo morado.

Lucy pensó que no debía permitir que se hicieran amigas. Lo que tenía que hacer era irse de allí, decirle a todo el mundo que no era Lucia Ferrazzi. Por supuesto, jamás aceptaría el dinero que Maximo había quedado obligado a darle por el acuerdo prematrimonial. Se llevaría a su hija a Chicago, volverían a su apartamento frío y destartalado, volverían a jugar en la alfombra rota y volverían a ponerse ropa de segunda mano, tendría que volver a aceptar varios trabajos de horarios interminables, volver a no tener tiempo para ver a Chloe, volver a cruzar los dedos para que el casero le diera tiempo de ponerse al día con el alquiler.

A lo mejor, si se ponía de rodillas, Darryl la volvería a contratar en la gasolinera.

–¿Lucia?

Haciendo un gran esfuerzo para no llorar, Lucy le entregó a su hija a Amelia sin mediar palabra.

–Ésa de ahí es tu habitación –le dijo la chica señalando la puerta que había al otro lado de la estancia antes de sentarse a jugar en el suelo con Chloe–. Maximo sabía que querrías estar muy cerca de tu hija. Por eso, las dos habitaciones están conectadas.

Lucy se dijo que no debería mirar. ¿Sería su habitación también de ensueño? ¿Por qué torturarse si en unas cuantas horas se iba a ir, iba a volver a la vida de verdad? ¿Por qué quería ver lo que jamás tendría?

Lucy se quedó mirando la puerta cerrada.

Aunque sufriera, quería verla, así que dejó a Chloe jugando con Amelia y abrió la puerta.

Estaba oscuro.

Gracias a la luz que entraba desde la habitación de la niña, vio el candelabro de cristal que colgaba del techo y las cortinas que tapaban los ventanales y pudo percibir que la habitación estaba decorada en toile de joy blanco y azul, como el diseño que había visto en ciertas vajillas de porcelana.

Vio que había un precioso tocador de madera oscura que, evidentemente, era antiguo. Entró en la habitación y fue hacia el vestidor, donde encontró la exquisita ropa y los maravillosos zapatos que se había comprado en Milán, todo organizado y ordenado.

En el otro lado del vestidor, había trajes y zapatos de hombre.

Era evidente que aquella habitación de ensueño no era solamente para ella.

De repente, una voz grave habló a su espalda.

—Me has vuelto a desobedecer.

¡Maximo!

Lucy se giró apresuradamente, justo en el momento en el que su marido cerraba la puerta de la habitación, dejando la estancia sumida en la más absoluta oscuridad. A continuación, oyó sus pasos sobre la alfombra, acercándose a ella, y sintió que el corazón comenzaba a latirle aceleradamente.

—Eres un mentiroso y me vuelvo a Chicago —le espetó intentando dilucidar dónde estaba.

A continuación, oyó una protesta y, en un abrir y cerrar de ojos, se encontró entre los brazos de Maximo.

Capítulo 9

LA HABITACIÓN estaba demasiado oscura para ver su rostro, pero Lucy sentía su cuerpo pegado al suyo. Maximo era mucho más alto y mucho más fuerte que ella, era un príncipe de carne y hueso, un hombre misterioso, incontrolable y al que no se le podía decir que no...

–No vas a ningún sitio más que a mi cama.

–No –protestó Lucy intentando zafarse.

Fue en vano, pues Maximo encontró su boca y la besó apasionadamente. La sedujo en la oscuridad con su fuego y Lucy, incapaz de resistirse, se dejó hacer, sintiendo sus labios cálidos, el sabor de su boca de caramelo, su cuerpo.

Demasiado bueno.

«Si algo es demasiado bueno, es porque es mentira», se recordó.

Haciendo un gran esfuerzo, apartó a Maximo de sí, agarró las cortinas y tiró con todas sus fuerzas. La luz naranja del atardecer bañó la habitación. Era suficiente. Estaba a salvo. La luz del día era suficiente para ahuyentar a cualquier criatura de la noche y seguro que hacía que Maximo dejara de tener aquel extraño poder sobre ella.

–Lucia, mírame.

Lucy tomó aire y giró la cabeza lentamente.

Se había equivocado.

La débil luz del atardecer invernal no tenía nada que hacer contra el poder sobrenatural de aquel hombre. Seguía siendo tan alto, tan misterioso y tan guapo como siempre y ahora la miraba con deseo.

—Es la última vez que me desobedeces.

—Tienes razón —contestó Lucy elevando el mentón en actitud desafiante—. Es la última vez que te desobedezco porque le voy a decir a todo el mundo que eres un mentiroso y me voy a ir... ¡Ah!

Maximo se había colocado de nuevo a su lado en dos zancadas y la había agarrado de los hombros.

—Ya va siendo hora de que te des cuenta de que no puedes estar todo el rato diciéndome que miento —le advirtió apoyándola en la pared y deslizando su dedo índice por su cuerpo—. Pagarás por ello.

Lucy sintió su caricia en la tripa y entre los senos y se apretó contra la pared, intentando luchar desesperadamente contra el deseo.

—No pienso mentir por ti —le espetó—. No pienso hacerme pasar por esa chica de la familia Ferrazzi, no pienso hacer sufrir a la gente que la quería. No lo haré por dinero ni por nada.

Maximo le acarició la mejilla, le puso el dedo debajo del mentón y la obligó a mirarlo a los ojos.

—Tú eres Lucia Ferrazzi.

¿Ella una heredera italiana perdida hacía muchos años?

—¡No! —exclamó apartándose—. Soy Lucy Abbott, una chica normal y corriente de Illinois, así que no digas tonterías.

—También me dijiste que era una tontería cuando te dije que era príncipe, ¿verdad? Y resultó que lo soy de verdad y que tú te habías equivocado —murmuró Maximo apartándose.

–No pienso permitir que me hagas pasar por una heredera de la familia Ferrazzi. ¿No te das cuenta de que cualquiera que mirara mi expediente en Chicago se daría cuenta de quién soy de verdad?

–Así es.

–¿No te da miedo que descubran la verdad? –se sorprendió Lucy.

–La verdad es que eres la heredera de la familia Ferrazzi –contestó Maximo poniéndole las manos sobre los hombros–. ¿Qué tengo que hacer para que me creas? –añadió mirando la enorme cama que había junto a ellos.

Lucy tembló de pies a cabeza y se preguntó cuántos besos harían falta para hacerla perder la razón.

El primer beso que Maximo le había dado la había obnubilado.

El segundo beso había hecho que cayera entre sus brazos con la respiración entrecortada.

¿Qué pasaría si hubiera un tercero?

Tenía que asegurarse de que jamás lo hubiera.

–Puedes quemar el acuerdo prenupcial porque no me voy a hacer pasar por esa chica. ¡Prefiero verme tirada en la calle!

–*Peccato* –contestó Maximo acariciándole el labio inferior con la yema del dedo pulgar–. De momento, te vas a quedar aquí conmigo.

Lucy sintió que el labio le cosquilleaba por dentro allí donde Maximo lo había tocado, sentía la presión de su besos reverberando por todo su cuerpo, sentía su boca, fuerte e insistente, su lengua...

Un beso más de aquéllos podría hacer que le diera la espalda a todos sus principios. Ya lo había hecho antes y Maximo era mucho más tentador que Alex.

Lucy giró la cabeza, obligando a Maximo a que la

soltara. Mientas intentaba recuperar la respiración, se fijó en un cepillo y un peine con piedras preciosas incrustadas que descansaban sobre una bandeja de plata en su tocador.

–Son para ti, *cara* –le dijo Maximo–. Todo lo que tengo es tuyo mientras seas mía.

–¡No soy tuya!

–No, es cierto, pero lo serás en breve –contestó Maximo muy seguro de sí mismo, acercándose de nuevo a ella y rodeándola con sus brazos.

Lucy se estremeció y cerró los ojos. Lo que más le apetecía en el mundo era dejarse llevar, abrazarlo, apoyarse en él.

–Ese juego de tocador es lo único que queda de la fortuna de mi familia.

–¿Y eso? ¿Qué ocurrió? –quiso saber Lucy.

–Una persona nos arruinó. Cuando yo tenía cinco años, teníamos tutores ingleses, caballos y coches buenos además de esta casa, pero, para cuando cumplí los doce, aquel hombre nos lo había quitado todo.

Lucy lo miró a través del espejo y comprendió que recordar aquello lo hacía sufrir y, de repente, sintió pena por aquel hombre que solamente dos minutos antes le había parecido un terrible monstruo.

–Estás en todo, ¿eh? –intentó bromear tomando el cepillo con la mano–. La semana pasada perdí mi cepillo de pelo.

–No, no lo perdiste, se lo llevaron mis hombres –contestó Maximo.

–¿Cómo? –se sorprendió Lucy.

–Necesitaba un pelo tuyo para hacer una prueba de ADN en Roma, así que les dije a mis hombres que entraran en tu casa.

Lucy sintió un escalofrío de pies a cabeza.

–¿Entraron en mi casa y me robaron el cepillo de pelo?

–Siéntate –le indicó Maximo llevándola hacia la cama.

–¡Me pasé una hora buscándolo! –exclamó indignada–. ¿Les dijiste a unos guardaespaldas asquerosos que entraran en mi casa?

–¡Siéntate!

A Lucy le temblaban las piernas, así que sus rodillas no tardaron en ceder y se vio sentada en la cama con lágrimas en los ojos.

–No deberías haberlo hecho, no deberías haberlo hecho –se lamentó.

–Tenía que saber si eras tú porque tu abuelo había pedido que se te declarara legalmente muerta –le explicó Maximo–. El uno de enero, tu parte del imperio familiar habría pasado a estar bajo su control.

–Entonces, ¿es verdad? ¿Tengo un abuelo? –murmuró maravillada–. ¿Y tengo primos y hermanos?

–Lo siento, sólo tu abuelo y no merece que lo llames así siquiera.

Lucy lo miró sorprendida.

–Es él, ¿verdad? Es el hombre que estás esperando que muera.

Maximo apartó la mirada.

–¿Qué te ha hecho? –se lamentó comprendiendo de repente–. Claro, es el que arruinó a tu familia.

–No quiero hablar de ello.

–¡Pero es mi abuelo!

–No lo conoces de nada.

–¡Es sangre de mi sangre!

–No quiero que te acerques a él, Lucia –le advirtió Maximo con tanta frialdad que Lucy sintió que una espada de hielo la atravesaba–. Si hablas con él una sola vez, una sola vez, nuestro acuerdo quedará invalidado.

Eso querría decir que adiós los treinta millones de dólares... ahora que había probado la vida de ensueño, no quería perderla...

–Tienes que obedecerme. Este asunto es innegociable –insistió Maximo mirándola a los ojos–. ¿Me das tu palabra?

Lucy tragó saliva.

Maximo esperó.

–Está bien –murmuró por fin.

Pero, por supuesto, no estaba bien. No estaba bien en absoluto. ¿Cómo le iba a dar la espalda a su propio abuelo? ¿Cómo se iba a limitar a dejar que muriera sin hablar con él? Quería conocerle y presentarle a su hija, darle la oportunidad de que las amara.

–Si de verdad soy aquella niña que desapareció... –recapacitó mordiéndose el labio inferior– ¿quién me salvó? ¿Quién me llevó a Estados Unidos?

–Nadie lo sabe –contestó Maximo con frialdad–. Había por allí una turista estadounidense llamada Connie Abbott. Se hospedaba en el hotel de mi tía cuando tú desapareciste. Decían que hacía mucho tiempo que quería ser madre. A lo mejor te llevó con ella.

Lucy tuvo la sensación de que Maximo le ocultaba algo, pero, antes de que le diera tiempo de intuir qué era, lo que acababa de decirle caló en su cerebro.

¿Su madre una ladrona de bebés?

–¡No, mi madre jamás haría una cosa así! –exclamó tapándose la boca con las manos.

Sin embargo... ¿cuántas veces la había despertado su madre en mitad de la noche? ¿Cuántas veces la había cambiado de colegio y había cambiado ella de trabajo? De Evanston a Lincoln a Chicago...

Cuando había muerto y Lucy había recogido sus papeles, había descubierto que era médico. ¿Por qué nunca había ejercido? ¿Por qué había tenido siempre trabajos mal pagados y poco reconocidos? Era evidente que había querido pasar desapercibida, ser invisible. Lucy tuvo la repentina sensación de que su madre se había pasado todos aquellos años mirando hacia atrás, temerosa de que alguien las encontrara y le quitara a su hija.

—No tienes pruebas —lo acusó.

—No se cómo terminaste con ella, pero se quién eres en realidad y tengo pruebas —contestó Maximo encendiendo una luz y sacando unos papeles de su mesa.

A continuación, se sentó junto a Lucy en la cama.

—Toma —le dijo entregándoselos—. Los resultados de las pruebas de ADN. No hay duda, eres la hija desaparecida de Narciso y Graziella Ferrazzi.

Lucy se quedó mirando la carpeta y una lágrima cayó sobre la primera página.

Su madre no era su madre.

Su madre la había robado, se la había arrebatado a su familia de verdad.

Lucy recordó los brazos de Connie, recordó sus besos cuando se hacía una herida en la rodilla, recordó las galletas que le hacía para merendar después del colegio, recordó cómo solían decorar el árbol de Navidad, su risa y su amor.

Y todo aquello se le antojó de repente una gran mentira.

La había perdido hacía nueve años y, entonces, había pensado que era el dolor más horrible que tendría que soportar en la vida, pero se había equivocado.

Aun a sabiendas de que estaba muriendo, Connie se había llevado el secreto a la tumba egoístamente. En lugar de mandarla de vuelta a Italia, para que se reu-

niera con su abuelo, había dejado que su hija languide-
ciera durante seis años en un hogar de acogida, igno-
rada, desesperada, deseando que alguien, quien fuera,
la quisiera.

–Me mintió... me decía que me quería, pero... todo
era mentira –se lamentó.

Entonces, recordó la última noche que había pasado
con ella en el hospital, antes de que muriera. En aquella ocasión, habían visto una película sobre Italia y su
madre había intentado hablar desesperadamente y le
había dicho que fuera a Italia, le había dicho que volviera, pero había muerto antes de explicarle por qué.

Lucy cerró los ojos y recordó a aquella mujer a la
que había querido más que a su propia vida.

–Mamá –murmuró.

Apretando los resultados de la prueba de ADN contra su pecho, se apoyó en el cabecero de la cama, se
abrazó las rodillas y lloró dejando que Maximo perma-
neciera a su lado, consolándola con su presencia.

–¡Chloe!

Lucy se despertó de repente gritando el nombre de
su hija. Una vez incorporada en la cama, le costó un
momento darse cuenta de dónde estaba, en su habitación de la Villa Uccello.

¡Se había quedado dormida!

La única luz que había en la habitación era la que
procedía de los rescoldos de la chimenea y de la luna
que entraba por la ventana.

–Chloe está bien, está durmiendo –le dijo Maximo.

Al girarse, comprobó que estaba tumbado junto a
ella en la cama, pero completamente vestido y des-
pierto, como si llevara toda la noche cuidándola.

–Amelia le dio de cenar y la acostó –añadió–. Está en su habitación, vete a verla si quieres

Lucy saltó de la cama y atravesó la habitación a la carrera, abrió la puerta y se quedó escuchando hasta que oyó la respiración profunda y serena de su hija. Entonces, cerró la puerta, comprendiendo que Maximo le había dicho la verdad.

–¿Te has quedado conmigo todo este tiempo? –le preguntó.

–Sí.

–¿Por qué?

–Porque eres mi esposa.

Lucy sacudió la cabeza. Había llorado tanto que no le quedaban lágrimas.

–No soy tu esposa, soy tu fideicomiso –contestó con amargura.

–Anda, ven a la cama, Lucia.

Ya había cometido aquel error una vez en su vida, había aceptado compartir la cama con un hombre que le había hecho promesas de amor y todo había salido mal.

Maximo le había tendido la mano con la palma hacia arriba y Lucy se quedó mirándola.

–¡No te acerques a mí! –le gritó–. ¡Besas muy bien y eres muy bueno, pero no te acerques a mí! –le espetó.

Mientras lo decía, descubrió que todavía le quedaban algunas lágrimas, se cruzó de brazos, se giró hacia la chimenea y se quedó mirando las brasas mientras se apartaba las lágrimas de las mejillas.

Oyó que Maximo se levantaba de la cama y se acercaba a ella. Una vez a su lado, le tomó el mentón y la obligó a mirarlo. Lucy se encontró bajo el embrujo de sus ojos oscuros como el mar de noche.

–No soy un hombre bueno, *cara* –le dijo sonriendo de manera sensual–. No te confundas. Hay algo en ti que admiro, esa insistencia tuya en la verdad. Y, para hacer honor a la verdad, te voy a decir una cosa que quiero que te quede muy clara. Tarde o temprano, serás mía, te entregarás a mí por voluntad propia.

–No...

–Y sentirás gran placer, pero no lo confundas con amor. Si eliges amarme, te romperé el corazón. Eso es lo que les sucede a las ingenuas que no escuchan mis advertencias y no me gustaría que te ocurriera a ti.

Lucy sintió que se estremecía de pies a cabeza.

–Tú eres diferente, sé que me obedecerás –le dijo acariciándole un mechón de pelo que se le había escapado del moño–. Tú eres inteligente y no confundirás el placer con el amor, eres muy sincera y sabes perfectamente cómo soy.

Lucy sintió que un escalofrío eléctrico le recorría todo el cuerpo. Estaban solos y se moría por entregarse a él físicamente.

Aquello era muy peligroso.

Los ojos de Maximo se posaron en sus labios y Lucy se dio cuenta de que quería que la acariciara. Sentía los pezones erectos, quería que la tumbara en la cama y le hiciera sentir, aunque fuera solamente un momento, que la quería de verdad. Aunque fuera mentira...

–¿Es posible compartir sexo sin compartir amor? –se preguntó en voz alta.

Maximo se quedó mirándola intensamente.

–Te lo voy a demostrar –contestó tomando de manos de Lucy el cepillo de plata y llevándola a la cama.

Una vez allí, la sentó en el borde y se sentó detrás de ella. A continuación, le deshizo el moño y comenzó cepillarle lentamente el cabello.

Lucy se estremeció. En el espejo que había al otro lado de la habitación, sobre el tocador, vio su reflejo y se preguntó qué vería en él si se dejara llevar por el deseo, si se apretara contra él y lo besara en la boca, si sus curvas entraran en contacto con sus rectas y le dijera lo que él ya sabía, que era suya.

A través del espejo, vio cómo el resplandor de la chimenea iluminaba su piel y se reflejaba en el cepillo de plata y en los pómulos de la mandíbula de Maximo. Parecían una pareja de recién casados durante su noche de bodas.

Lucy entrelazó los dedos de una mano con los de la otra y apretó con fuerza, pues el placer que estaba sintiendo mientras Maximo le cepillaba el pelo era intolerable. Lo deseaba tanto que apenas podía estarse quieta.

Aquello tenía que terminar.

Inmediatamente.

—Basta.

Al instante, el cepillo se paró.

Lucy cerró los ojos y se dijo que sólo sería un momento. A continuación, se echó hacia atrás y se apoyó en el pecho de Maximo, que dejó el cepillo sobre el edredón y la envolvió en sus brazos. Durante un exquisito momento, Lucy se permitió sentirse a salvo en aquel abrazo protector.

No, de protector no tenía nada. Más bien, era mortal y venenoso.

—No puedo —murmuró—. No puedo.

Maximo la giró hacia sí. Estaba más guapo que nunca y cuando habló su tono de voz fue tan imperioso como el de un rey medieval.

—Mereces sentirte viva de nuevo, *cara* —le dijo deslizando la mano por el valle que formaban sus senos—. Mereces sentirte como la mujer deseable que eres.

A continuación, se inclinó sobre ella y la besó en la mejilla, avanzó por su cuello y llegó hasta su boca.

Lucy no quería resistirse, no tenía fuerzas para luchar... ¡pero tenía que hacerlo!

¿Cómo se iba a entregar a un ligón incapaz de amar? ¿Cómo se iba a entregar a un bruto vengativo que quería divorciarse de ella en cuanto su abuelo hubiera muerto?

–No –protestó Lucy apartándose–. ¡No puedo!

Maximo se quedó mirándola y asintió lentamente.

–*Bene*, *cara*. Una noche. Considéralo un regalo. Una noche para que te des cuenta de lo que te has perdido –le dijo–. Mañana nos vamos a Roma –anunció.

–¿A Roma?

–Sí, para que te vengues de Alexander Wentworth.

Capítulo 10

A LA MAÑANA siguiente, Lucy se giró hacia Maximo con el corazón en la boca mientras se subía en al asiento trasero del Maserati Quattroporte plateado.

–No puedo obligar a Alexander a firmar esto –comentó sacudiendo los documentos legales que pondrían fin a sus derechos paternos para siempre y guardándolos a continuación en su bolso de cocodrilo–. Ya te lo digo. En cuanto vea una foto de su hija, entrará en razón y querrá ser su padre.

–Menos mal que te he podido convencer para que no trajeras a la niña. Así, no tendrá que soportar el rechazo de su padre.

–¡No la va a rechazar! –exclamó Lucy inclinándose hacia delante para decirle adiós con la mano a su hija, que estaba en brazos de Amelia.

La chica se había ofrecido a cuidarla durante unas horas y todo el servicio de la casa estaba disponible si sucedía algo. Aun así, Lucy se sentía incómoda dejando a su hija, pero sabía que era lo mejor.

–Te comportas como si todavía estuvieras enamorada de él –comentó Maximo en tono cortante.

–¡Claro que no estoy enamorada de él! –se defendió Lucy.

–Entonces, ¿por qué insistes en decir que sería un padre decente?

–Porque es el único padre que tiene mi hija –contestó Lucy mirando disgustada por la ventana–. No le puedo decir que desaparezca de su vida.

En aquel momento, sonó el teléfono móvil de Maximo, que contestó y mantuvo una conversación en italiano.

Lucy estaba sentada a su lado en el asiento de cuero beis, sintiendo su pierna. No había pegado ojo en toda la noche. Se había pasado las horas pegada al borde de la cama, escuchando la respiración de Maximo, queriendo acercarse a él, queriendo sentir sus brazos, pero sabiendo que sería peligroso.

Era evidente que Maximo no había tenido aquel problema, pues ni tenía ojeras, como ella, ni nada por el estilo. Con su abrigo de lana gris y su impecable traje, estaba tan guapo como de costumbre.

Mientras el coche discurría por Aquillina, Lucy volvió a fijarse en aquella mansión decadente que había visto el primer día. Mientras que el resto del pueblo brillaba bajo el sol, aquella casa solitaria parecía hundirse en la sombra.

Y, de repente, algo se movió.

Lucy observó con asombro cómo un hombre de pelo cano y cierta edad, ataviado únicamente con una vieja bata, salía de la casa y corría tras ellos, gritando algo en italiano y batiendo frenéticamente las manos.

–¡Pare! –le gritó Lucy al conductor agarrándolo del hombro–. ¡Por favor, pare!

El hombre miró a Maximo, que hizo una pausa en su conversación telefónica y negó con la cabeza.

–*Mi scusi, principessa* –se disculpó el conductor.

Lucy miró por la ventana trasera. El hombre estaba en mitad de la calle, mirándolos fijamente. Al ver que no paraban, se cubrió la cara con las manos en un gesto desesperado.

Lucy se giró furiosa hacia Maximo, que estaba terminando su conversación en aquel momento y cerrando el teléfono móvil.

—¿No has visto a ese hombre que te estaba llamando? —le preguntó.

—No me estaba llamando a mí —contestó Maximo en tono aburrido mientras sacaba su ordenador portátil de su maletín de cuero—. Te estaba llamando a ti.

—¿A mí? ¿Por qué?

—Porque ese hombre, *cara*, es tu abuelo.

—¿Cómo? ¿Mi... abuelo? ¿Y no le has hecho ni caso? ¿Estás loco? —se indignó Lucy girándose de nuevo, pero el hombre había desaparecido—. ¡Pare! —le volvió a decir al conductor, que siguió conduciendo—. ¡Dile que pare! ¡Tenemos que volver! ¿No ves que necesitaba ayuda?

Maximo se quedó mirándola.

—Antes de ayudar a ese hombre, me cortaría las manos —le dijo.

—¿Cómo puedes ser tan frío? —murmuró Lucy dejándose caer en el asiento y pensando en aquel hombre que habían dejado atrás, sollozando en mitad de la calle—. Está enfermo, es viejo... y se está muriendo...

—Sí, es una pena que esté tardando tanto —contestó su marido con frialdad.

—¿No tienes sentimientos o qué? —se asustó Lucy.

—No, Giuseppe Ferrazzi me los arrebató hace veinte años.

—¿Qué te hizo? —preguntó Lucy a pesar de que la mirada que Maximo tenía en aquel momento en sus ojos le daba miedo.

—Destruyó a mi familia y...

–¿Y qué?

–Da igual, lo que importa es que tiene que pagar las consecuencias de lo que hizo. Lo que le quede de vida, tendrá que vivir con ello. Le he arrebatado su querida empresa y lo que queda de su familia. Se lo he quitado todo.

Lucy se mordió el labio mientras se preguntaba qué habría hecho su abuelo, aquel pobre viejo. Era imposible que hubiera destruido a la familia de Maximo. Seguro que todo había sido un horrible malentendido.

Un abuelo, tenía un abuelo. Lucy sintió que debía protegerlo.

–¡No esperarás que me quede de brazos cruzados mientras se muere!

–Espero que cumplas lo que firmaste en el acuerdo –contestó Maximo apretando los dientes–. ¿Qué es lo que no entiendes en «honrar y obedecer»?

–Lo mismo que tú no entiendes en «amar» –murmuró Lucy.

–Lucia, esto es innegociable. Ya te lo he dicho. Si te pones en contacto con Giuseppe Ferrazzi, nuestro matrimonio quedará invalidado.

Lucy tragó saliva. En ese caso, lo perdería todo, la seguridad para su hija, su futuro. ¿Cómo iba a arriesgar el bienestar de Chloe por un hombre que se estaba muriendo y al que no conocía de nada? ¿Pero cómo iba a vivir en el mismo pueblo sabiendo que estaba sufriendo, que era pobre, que estaba solo y que nadie lo quería?

–Es mi abuelo –murmuró mirando por la ventana sin ver en realidad el paisaje.

–Pronto estaremos en Roma. Deberías pensar en Wentworth –comentó Maximo al cabo de un rato–. ¿Sabes por qué te dejó?

Lucy se quedó estupefacta y tuvo que hacer un gran esfuerzo para que no se le saltaran las lágrimas.

–Me dejó una nota diciéndome que se había enamorado de otra mujer.

–Supongo que es una manera de verlo –comentó Maximo con una sonrisa irónica–. Le hicieron una oferta mejor. Una mujer con la que había mantenido una relación quiso que volviera a su lado de repente. Se trataba de su jefa, Violetta Andiemo.

–¿La diseñadora de moda?

–Sí. Como Alexander quería el dinero y el lujo que ella le ofrecía, se fue. Cuando Violetta le preguntó si había tenido otras relaciones durante el año que habían estado separados, le mintió, le dijo que no, que se había pasado todo aquel tiempo pensando en ella.

–¿Dijo que no había tenido ninguna otra relación? –se indignó Lucy.

¿Había mantenido a su hija en secreto como si Chloe fuera algo de lo que avergonzarse?

–Violetta Andiemo tiene cuarenta y cinco años y es una mujer insegura y celosa de temperamento artístico. Si descubre que Alexander le ha mentido, que tuvo una relación con una joven guapa con la que tuvo un bebé, no sólo suspenderá la boda sino que, además, se asegurará de que Alexander no vuelva a trabajar jamás. Creo que, por eso, Alex intentó hacer un trato en secreto con tu abuelo –le explicó encogiéndose de hombros–. No se han casado todavía, pero me parece que Wentworth está pagando ya las consecuencias de casarse por dinero.

–A quién se lo has ido a decir –murmuró Lucy mientras el coche se paraba–. ¿Qué es eso? –preguntó siguiendo la mirada de Maximo y encontrándose con un helicóptero.

–Un Sikorsky S-76C –contestó Maximo bajándose del coche y abriéndole la puerta.

–¿Y no podríamos ir a Roma en coche? –preguntó Lucy nerviosa.

–No te asustes, te va a gustar –la tranquilizó Maximo.

¿Gustarle?

Aunque el aparato era de lo más lujoso, Lucy agradeció verse fuera de él cuando aterrizaron en Roma. Mientras se subía a la limusina que estaba esperándolos en el aeropuerto, le temblaban todavía las piernas por las vibraciones del helicóptero y el ruido de los rotores tardó diez minutos en desaparecer de sus oídos.

–Te he comprado una cosa –dijo Maximo mientras la limusina se deslizaba por las calles mojadas de la ciudad.

Lucy frunció el ceño mientras Maximo le tendía un estuche de color lila, lo abrió y se quedó cegada.

En el interior del estuche, sobre el terciopelo negro, había un collar. Lucy se quedó mirándolo fijamente y cientos de diamantes enormes la miraron a ella.

–Supongo que no serán de verdad –murmuró–. Dime que no son de verdad.

Maximo sonrió.

–Era de una princesa de Hanover. Ahora es tuyo.

¿Estaba intentando comprarla?

Lucy cerró el estuche y lo dejó en el asiento, entre los dos.

–Si te crees que este collar me va a convencer para arrebatarle a Alex sus derechos paternos, te equivocas.

–Es un regalo –le aseguró Maximo–. Es para que te lo pongas el día de nuestra boda.

–¿Nuestra boda? ¡Creía que ya estábamos casados!

–Sí, lo estamos, pero nuestro matrimonio debe parecer real en todos los sentidos y tú te mereces todo lo mejor, te mereces un anillo de diamantes porque eres mi princesa, mi mujer –contestó Maximo tomándola de la mano.

–Oh –murmuró Lucy sonrojándose e intentando apartar la mano–. No hace falta, de verdad...

–Claro que hace falta –contestó Maximo agarrándole la mano con firmeza, besándole todos los nudillos y deslizando la lengua entre sus dedos.

Lucy se quedó helada, no se podía mover, le costaba respirar mientras imaginaba aquella lengua deslizándose por otras zonas de su cuerpo...

–Vamos a tener nuestra boda, *cara* –murmuró Maximo–. Y, luego, también tendremos nuestra noche de bodas.

¿Noche de bodas? Entonces, ¿no iba a intentar seducirla aquella noche? Lucy suspiró aliviada.

–Supongo que tardaremos semanas en organizar una boda –comentó.

–Cinco o seis días –contestó Maximo sonriendo con malicia, como si supiera lo que estaba pensando Lucy–. Pero no te preocupes, esta misma noche serás mía, *cara* –añadió besándole la palma de la mano.

A continuación, se inclinó sobre ella y le acarició el pelo y Lucy sintió que sus labios se abrían de manera involuntaria. Si Maximo intentara besarla en aquel momento, no se podría negar, no tendría fuerza para hacerlo.

–Sé que casarte en un hotel no te hizo ninguna gracia. Mis hombres encontraron el cuaderno, Lucia, el diario en el que estaba tu sueño, con la ermita blanca, el vestido blanco, las flores y la tarta.

Así que sus hombres habían encontrado aquel cuadernillo en el que Lucy había ido metiendo fotografías de las revistas que le gustaban cuando creía que se iba a convertir en la señora Wentworth.

–Eso fue hace mucho tiempo –comentó sintiéndose humillada–. Era un sueño infantil. Olvídalo. A mí ya no me importa.

–No, no quiero que lo olvides, lo que quiero es que tengas todo lo que desees.

Aquellas palabras hicieron que Lucy se estremeciera de pies a cabeza y le llegaron al alma. ¿Cuánto tiempo hacía que soñaba con un hombre que la cuidara, la protegiera y que le diera todo lo que su corazón quisiera?

–La semana que viene nos casaremos en la antigua capilla que hay en mi villa –le dijo Maximo apoyando su mejilla en la de Lucy–. He invitado a gente de todo el mundo. He contratado a una persona para que te ayude con los preparativos. Llega el martes desde Londres. Tú elegirás todo y ella te lo conseguirá. No repares en gastos –añadió sonriendo y apartándose de ella–. Te lo ordeno.

¡Y cuánto le hubiera gustado a ella obedecer aquella orden, pero Lucy pensó que todo aquello se trataba de otra artimaña para seducirla y llevar a cabo su venganza!

–Dices que quieres que tenga todo lo que deseo. ¿Qué te parece un abuelo y un padre para mi hija?

Maximo se echó hacia atrás en el asiento.

–Si crees que Wentworth os daría a ti y a Chloe el cariño y el respeto que os merecéis, estás muy equivocada, Lucia...

–¡Me llamo Lucy!

–En cuanto sepa que la oferta que había hecho su empresa para hacerse con Ferrazzi SpA ha sido rechazada y que, por tanto, ha perdido el dinero que Giuseppe le había ofrecido en secreto, se verá perdido y querrá agarrarse a Violetta más que nunca –le explicó–. A menos que se entere de tu fortuna. Entonces, querrá volver contigo, fingirá que te quiere.

–Jamás volvería con él –le aseguró Lucy.

–Te creo, pero tuve que casarme contigo para asegurarme de que él no lo hiciera.

Por alguna razón, aquellas palabras hicieron mucho daño a Lucy. Maximo se había casado con ella única y exclusivamente por su dinero, para asegurarse de que ningún otro hombre le pusiera la mano encima.

¿Cuántas veces se lo iba a tener que decir? ¿Por qué no era capaz de dejar a un lado sus imaginaciones? ¿Por qué no aceptaba que aquélla era la única razón por la que se había casado con ella? Le había dicho desde el principio que era un hombre incapaz de amar, pero se estaba portando de maravilla con ella. Eran pequeños detalles. La fiesta de cumpleaños para su hija, el salir de compras por Milán, la noche en la que la había abrazado cuando ella había llorado por su madre.

Si sólo se había casado con ella para vengarse de su abuelo, ¿por qué se mostraba tan amable? Maximo le había advertido que no se enamorara de él. Entonces, ¿por qué se lo ponía tan difícil? ¿Sólo para acostarse con ella? Quizás. ¿Pero por qué Lucy veía algo más en sus ojos cuando la miraba? ¿Por qué le parecía que la miraba como si fuera la mujer que había estado esperando toda su vida?

–Wentworth intentará volver contigo –le dijo Maximo–. Cuando eso no le dé resultado, intentará hacerse con la custodia de Chloe y todo lo hará para ponerle la mano encima a tu dinero. Es capaz de pasar por encima de las dos para hacerse con tu fortuna.

–Me parece muy irónico por tu parte ese comentario teniendo en cuenta que tú también me estás utilizando por tus motivos personales, exactamente igual que él.

Maximo la miró con frialdad.

–No me compares con él. Yo nunca he fingido estar enamorado de ti, Lucia, nunca te he mentido. Yo siempre te cuidaré. Tienes el acuerdo prenupcial como prueba de ello.

–¡Ya lo sé y no lo entiendo! ¿Por qué te has portado tan bien conmigo? Podría creer que... podría pensar que...

«Que me quieres», pensó Lucy.

Pero no lo dijo en voz alta porque le pareció ridículo y, además, en aquel momento, sonó el teléfono móvil de Maximo.

–Sí –contestó–. Sí –añadió colgando–. Wentworth está ahí dentro –le dijo a Lucy señalando un lujoso hotel–. Violetta llegó de Nueva York hace unos días. Por lo visto, se pasan el día discutiendo. Lleva en el bar una hora, bebiendo mientras espera a que ella baje.

El portero del hotel abrió la puerta de Lucy.

–Ve –le indicó Maximo.

–¿No vienes conmigo? –le pregunto Lucy.

–No –contestó Maximo–. Quiero que veas el tipo de hombre que es en realidad. Ni es un buen padre ni es bueno para nadie.

–Alex cambiará de parecer en cuanto vea la fotografía de Chloe –insistió Lucy–. En cuanto la vea, se dará cuenta de que quieres ser su padre.

–Inténtalo –contestó Maximo sonriendo con tristeza–. Pídele que sea su padre sin hablarle de tu dinero y mira a ver qué pasa. El bar está entrando a la derecha.

Apretando el bolso contra su pecho, Lucy salió de la limusina. El portero la escoltó hasta la puerta del hotel tapándola con un paraguas.

«Otro hotel de lujo que cambiará mi vida para siempre», pensó Lucy.

Una vez dentro del vestíbulo, giró a la derecha y lo vio, vio al hombre del que había estado enamorada, sentado en la barra, mirando hacia la puerta y moviendo la pierna nervioso.

Cuando la vio, dejó de moverla inmediatamente.

Capítulo 11

¡LUCY!

Las expresiones que cruzaron por su pálido rostro habrían sido cómicas si Lucy hubiera tenido ganas de reírse, pues Alex la reconoció, se sorprendió, se realizó y, por último, se enfadó.

–¿Qué haces aquí? –le preguntó mirándola de arriba abajo, desde sus botas de setecientos dólares, pasando por sus medias negras y su vestido de lana azul cobalto.

Llevaba el pelo recogido, unos aros dorados preciosos y los ojos resaltados por la ausencia de gafas y por el kohl y un toque de máscara mientras que sus labios mostraban una barra de color otoñal.

Alex se quedó mirándola como si le costara reconocerla.

–No deberías haber venido –le dijo con frialdad.

–No he tenido opción –contestó Lucy apretando su bolso Ferrazzi con fuerza contra el pecho para que Alex no se diera cuenta de que le temblaba la mano. En su interior, llevaba los documentos que terminarían con los derechos paternos de Alex y la foto de Chloe, que haría que aquel hombre amara a su hija por fin–. Te quiero enseñar una cosa...

Alex se apresuró a ponerse en pie.

–No sé cómo has conseguido juntar dinero suficiente para venir a Roma, pero te tienes que ir inmediatamente.

Así que sabía que no tenía dinero y que lo estaba pasando fatal económicamente para ocuparse de su hija. Lucy había albergado esperanzas de que no lo hubiera sabido. Así, su delito habría sido un poco menos espantoso. Sin embargo, era obvio que lo sabía perfectamente y que había elegido no hacer nada por ellas.

En verdad, aquel hombre era un canalla.

«Pero es el padre de Chloe. Mejor esto que nada, ¿no?», pensó Lucy.

—¿Por qué quieres que me vaya? ¿Tienes miedo de que tu prometida se entere de que tenemos una hija?

Alex la agarró del brazo con fuerza.

—Te repito que no soy el padre de esa niña. ¿Me entiendes?

«Ahora o nunca».

Lucy tomó aire, metió la mano en el bolso y sacó la fotografía que le había hecho a Chloe la semana anterior junto al árbol de Navidad. En la imagen, se la veía con su hipopótamo morado en una mano, una galleta en la otra y luciendo su maravillosa sonrisa.

—Mira —le dijo a Alex entregándole la fotografía.

—¿Qué demonios es esto? —contestó Alex mirando la fotografía.

Lucy aguantó el aliento. El plan estaba funcionando. Por fin, después de todo, Alex se iba a dar cuenta del maravilloso regalo que era su hija, iba a mirar la fotografía e iba a decidir ser un padre decente.

—Se llama Chloe —le dijo Lucy—. Acaba de cumplir un año —añadió—. Es un bebé maravilloso, Alex. Es inteligente, cariñosa y divertida, pero necesita a su padre, te necesita.

—¿Pero por qué no te enteras de una vez de que no la quiero y de que tampoco te quiero a ti? —le espetó Alex tirando la fotografía al suelo—. Vete inmediata-

mente. Tengo otra pareja y ni tú ni tu bastarda signifi-
cáis nada para mí...

Lucy se quedó mirando la fotografía y observó cómo
la carita de su preciosa hija era pisoteada por un grupo
de hombres de negocios que pasaba por allí y cómo ter-
minaba pinchada en el tacón de un zapato femenino.

—Alexander, ¿quién es ésta? —dijo la mujer del zapato de tacón.

Alex palideció.

—Violetta, cariño.

Mientras la recién llegada se acercaba a ellos, Lucy
se agachó para recoger la fotografía de su pequeña,
que había quedado manchada y rota.

—Contesta, Alexander —le exigió la diseñadora de
moda mirando con desdén a Lucy—. ¿De qué la conoces? —insistió.

—De nada —improvisó el aludido—. Nos acabamos
de conocer.

—Ya veo a lo que te dedicas cuando yo no sé qué ponerme.

—¡No la conozco de nada, te lo aseguro! Además, ya
se iba —insistió Alex girándose hacia Lucy.

Lucy se quedó mirándolo y comprendió que aquel
hombre no quería a nadie, solamente a sí mismo. Era
un egoísta y un cobarde que nunca había entendido el
gozo que daba el amor de verdad ni la responsabilidad
que conllevaba. Por eso, había sido capaz de pedirle que
se casara con él y de suplicarle que tuviera un hijo con
él para luego abandonarla.

«No te mereces ser el padre de mi hija», decidió.

—Sí, ya me voy —contestó Lucy sacando los documentos del bolso—. En cuanto firmes esto.

Alex le arrebató los papeles de la mano, los leyó a
toda velocidad y se relajó.

–Un bolígrafo –le pidió con malos modos al camarero.

El hombre lo miró con aire cansino, suspiró y se lo entregó.

En cuanto lo tuvo en la mano, Alex se apresuró a firmar los documentos por los que renunciaba a su hija, a su maravillosa hija, y lo hizo con entusiasmo.

Lucy lo observaba sintiendo náuseas. De repente, notó una mano en la espalda, una mano fuerte y, al girarse, se encontró con los ojos de Maximo, que estaba a su lado para darle ánimos.

–Gracias –le dijo Alexander a Lucy devolviéndole los documentos sin molestarse en mirarla.

–Gracias a ti, Wentworth –contestó Maximo.

Alex se giró hacia él sorprendido mientras Maximo hablaba con el camarero en italiano. El hombre miró a Alex, asintió y firmó.

–D'Aquilla –se sobresaltó Alex–, ¿qué haces aquí? ¿No tendrías que estar de luna de miel? –añadió intentando sonreír–. He oído que te has casado con una mujer que dice ser la heredera de Ferrazzi. Te equivocas si te has creído ese cuento. El juez nos dará la razón. Debes de estar muy desesperado si te crees que... –se interrumpió al ver que Maximo tenía agarrada a Lucy de la cintura y que ella se apoyaba en él en busca de fuerzas–. ¿Qué está ocurriendo aquí? –se sobresaltó.

Lucy se preguntó por qué se habría sentido atraída por Alex, que era rubio, delgado y desaliñado, un niño caprichoso comparado con Maximo. Su marido valía mucho más.

–Por una vez, tienes razón, Wentworth –le dijo Maximo–. Estoy de luna de miel.

–No te entiendo.

–Es muy fácil –contestó Maximo sonriendo–. Has perdido. Ferrazzi es mía.

–¿Pero qué dice este hombre? –intervino Violetta–. Me dijiste que era imposible que perdiéramos porque teníamos un topo.

–Así era, *signora* –le dijo Maximo–. El topo era él mismo. Como vicepresidente de compras de su empresa, hizo un trato secreto con Giuseppe Ferrazzi para robarle millones sin que se diera cuenta. Estoy seguro de que estará muy apenado de haber perdido semejante oportunidad.

–¡Alexander! –exclamó Violetta girándose furiosa hacia él.

Alex la ignoró, pues no tenía ojos más que para Lucy y Maximo.

–¿Te has casado con ella? –se sorprendió–. No puede ser. ¡Lucy no es de la familia Ferrazzi!

–Tienes ante ti a la desaparecida Lucia Ferrazzi –le dijo Maximo sonriendo encantado–. ¡Y tú que la querías declarar muerta! Ya ves qué cosas tiene el destino. Podrías haberla tenido por las buenas junto con su enorme fortuna.

–Luce, todo esto es un error –se apresuró a declarar Alex–. Te quiero. Sabes perfectamente que te quiero mucho. Y también quiero a nuestra hijita. Por favor, no me quites a Callie...

¿Callie?

Maximo tenía razón. Lucy cerró los ojos. Se sentía fatal.

–Sácame de aquí –murmuró.

Su esposo la apretó contra su cuerpo y Lucy aceptó su consuelo, agradecida por tenerlo a su lado, protegiéndola.

–¿Por qué dices que la quieres? –gritó Violetta–. ¿Tienes una hija con ella? Pero si me dijiste que no habías tenido ninguna relación durante el año que estuvimos separados. ¡Me juraste que me querías sólo a mí!

–¡Cállate! –le espetó Alex–. ¡No estoy hablando contigo! –añadió girándose de nuevo hacia Lucy–. Por favor, perdóname, Luce. Vuelve conmigo. ¡Te quiero!

–Eres patético, Wentworth, como hombre y como padre –le dijo Maximo recogiendo los documentos que habían quedado sobre la barra–. Vámonos, *cara*, tenemos una cita con nuestros abogados –le dijo a Lucy.

–¡No! –gritó Alex cada vez más furioso–. ¡No! Maldita sea... ¿Dónde están los documentos? Callie es mi hija... la mitad de todo eso es mío... ¡El juez no admitirá ese documento porque no ha habido testigos de la firma! –exclamó triunfal.

–Te equivocas –contestó Maximo despidiéndose de la diseñadora de moda, que en aquel momento le estaba tirando una copa a Alex a la cara–. *Signora*, que usted lo pase bien el resto de la velada.

Y, dicho aquello, tomó a Lucy de la cintura y la sacó a las calles de la Ciudad Eterna mientras los furiosos gritos de Alex se perdían en la distancia.

Dos horas después, cuando salieron del despacho del juez, los gritos de los abogados de Alex retumbaban todavía más.

Al principio, se habían mostrado cautelosos pero, luego, cuando habían visto que no la iban a poder declarar muerta, se habían enfurecido, pues ya creían que tenían la batalla ganada. Al no poder comprar las acciones de Lucy, que estaban en posesión de su abuelo, se vieron obligados a aceptar que Maximo controlaba el setenta por ciento de la empresa y que no tenían nada que hacer porque ellos sólo tenían el treinta por ciento.

–Ya está, *cara* –le dijo Maximo mientras iban hacia

la limusina–. Hemos ganado. Wentworth ha perdido a su novia y su trabajo y Ferrazzi es mía.

Sí, habían ganado. Su abuelo se estaba muriendo solo en una casa oscura y en ruinas y su preciosa hija había perdido a su padre.

¡Menuda victoria!

Sin embargo, Maximo parecía contento y sonreía con crueldad. Era evidente que se estaba regodeando en su venganza. Aquello hizo que Lucy se preguntara cómo era posible que fuera tan bueno con ella y tan cruel con un pobre viejo. ¿Quién era en realidad el príncipe Maximo d'Aquilla?

Nada tenía sentido.

Lucy se sentía mareada. No se encontraba bien desde que había vuelto a ver a Alex. En el hotel, se había aferrado a Maximo y, por unos instantes, había sentido que podía confiar en él, pero no había sido más que una ilusión.

No paraba de intentar ver cosas buenas en él, pero Maximo no tenía nada de bueno.

Lucy iba tan perdida en sus pensamientos que tropezó. Maximo la agarró del codo y la acompañó hasta el Rolls Royce.

–¿Te encuentras bien?

Lucy no contestó.

–¿Lucia? –insistió Maximo mientras el vehículo se ponía en marcha–. Supongo que estarás contenta ahora que Wentworth no tiene ningún derecho sobre tu hija.

–No sé –murmuró Lucy cruzándose de brazos y mirando por la ventana.

–En cuanto tengamos los resultados de las pruebas de ADN que ellos han encargado, no tendrán más remedio que aceptar que eres Lucia Ferrazzi y, entonces, la empresa será nuestra.

–Querrás decir, tuya.

–Sí –admitió Maximo–. ¿Por eso estás disgustada? ¿No quieres que la dirija yo?

–Lo que quiero es que perdones a mi abuelo –contestó Lucy con voz trémula–. Es mi familia.

–La única familia que tienes es tu hija –contestó Maximo apretando la mandíbula.

–Y ya no tiene padre.

–Mejor no tener padre que tener un padre como Alexander Wentworth.

–Pero ahora... estamos solas.

–No –contestó Maximo mirándola a los ojos–. No estarás sola mucho tiempo, Lucia, porque eres una mujer que está hecha para el amor. Te mereces un marido cariñoso y fiel y una casa llena de hijos. Eso es lo que yo quiero que tengas.

Lucy se imaginó la escena, su hogar feliz, sus hijos y un marido que la adorara. Si Maximo pudiera darle todas esas cosas...

–¿Eso es lo que tú quieres? –le preguntó.

–Sí, claro que sí, *cara* –contestó Maximo mientras Lucy aguantaba la respiración–. En cuanto nos divorciemos, te presentaré a amigos míos, hombres buenos a los que no les importan las fortunas de las mujeres, hombres que se quieren casar por amor.

–Creía que estabas hablando de ti –se lamentó Lucy.

–Lo único que hay entre nosotros son negocios, *cara*, y lo sabes. Negocios y placer. No soy hombre de casarme. El amor no hace más que complicar lo que es sencillo, pero no todos los hombres opinan como yo. Tengo un amigo en Río que tiene mucho dinero y que a lo mejor...

–No, gracias –contestó Lucy con voz trémula–. Estoy bien sola. Mi hija podrá vivir sin padre y yo no necesito un marido cariñoso ni una casa llena de niños. Chloe y yo y treinta millones de dólares. Perfecto –mintió sintiendo que se le saltaban las lágrimas–. Nunca he sido tan feliz –añadió tapándose el rostro con las manos.

Al instante, oyó cómo Maximo se desabrochaba el cinturón de seguridad y la tomaba entre sus brazos, sintió su calor y su consuelo y el nudo en la garganta que se le había formado desde que Alex había tirado la fotografía de su hija al suelo se disolvió y comenzó a sollozar.

Maximo la abrazó con fuerza y le acarició el pelo, murmurando palabras cariñosos en italiano que Lucy no entendía. Por alguna razón, su ternura la hizo llorar todavía más.

–¿Por qué me tratas así? –le preguntó–. No entiendo nada. Podrías haberme ofrecido una pequeña cantidad de dinero por mis acciones, pero insististe en darme treinta millones, podrías haberte casado conmigo y haberme dejado en Chicago, pero me trajiste aquí y me convertiste en una princesa. ¿Por qué?

–Ya te lo he dicho, porque quiero que el viejo sepa que todo lo que amaba ahora es mío.

–Es más que eso –insistió Lucy sacudiendo la cabeza–. De no ser así, me ignorarías cuando estuviéramos solos y no lo haces. En privado, me sigues tratando como a tu princesa e intentas hacer realidad todos mis sueños.

–Estás exagerando –contestó Maximo.

–No, nada de eso –contestó Lucy con las lágrimas corriendo por las mejillas–. Apenas nos conocemos, pero te comportas como si...

«Como si me quisieras», pensó.

Por supuesto, no tuvo valor para decirlo en voz alta. Maximo le había dicho varias veces que jamás se enamoraría de ella. ¿Y cómo lo iba a creer cuando sus actos decían lo contrario?

–A lo mejor lo hago todo para llevarte a la cama –aventuró Maximo acariciándole la mejilla.

¿Sería eso? Lucy cerró los ojos y saboreó su caricia. Estaba casada con un príncipe guapísimo, era inmensamente rica, su hija estaba feliz y bien cuidada. Tenía todo lo que quería, estaba viviendo en un cuento de hadas.

Entonces, ¿por qué estaba tan triste? Porque le faltaba una cosa. Amor. El príncipe no la quería. De hecho, se divorciarían en pocos meses y Maximo entablaría una relación con otra mujer. Chloe crecería sin padre y ella viviría en una casa lujosa y tendría muchos diamantes, pero estaría completamente sola.

–Por favor –dijo apartándose–, quiero ir a ver a mi hija.

–Basta –murmuró Maximo de repente.

Lucy levantó la mirada y vio que Maximo se inclinaba hacia delante para hablar con el conductor.

–Necesitas sol y playa, *cara*, necesitas volver a sentir el viento en la cara y percibir el aroma de las flores. Tu hija y tú necesitáis luz y aire, pero también necesitas volver a sentir que eres joven y guapa –añadió acariciándole el cuello.

¿Joven y guapa ? Lucy se estremeció, pues su caricia le había gustado. ¿Cómo iba a volver a sentirse joven y guapa?

–Nos vamos de vacaciones –anunció Maximo.

–¿De verdad? –se rió Lucy–. Ya me estaba empezando a cansar de todo esto –añadió señalando el lujoso asiento del Rolls Royce.

Maximo sonrió.

–Te va a gustar el sitio al que te voy a llevar.

–¿Qué tienes pensado? ¿Irnos con tus amigos a una isla privada del Caribe o hacer un crucero en tu yate por las islas griegas? –se burló Lucy–. No estoy acostumbrada a eso, Maximo, no estoy acostumbrada a que las criadas me miren ni a estar rodeada de tus amigos, que se deben de preguntar por qué te has casado conmigo.

–¿Estás loca? No pienso invitar a ninguno de ellos a nuestra luna de miel.

Lucy se quedó mirándolo fijamente.

–¿Nuestra luna de miel?

–Sí, ¿te crees que me había olvidado? No, claro que no –contestó Maximo mirándola de manera sensual y arrogante–. Llevo mucho tiempo controlándome, demasiado, dándote espacio para que te acostumbraras, pero mi paciencia tiene un límite –añadió acariciándole la mejilla y sonriendo de manera depredadora.

Lucy dio un respingo cuando Maximo deslizó la mano entre sus pechos.

–Esta noche, *cara*, te voy a enseñar lo que es el placer. Nos vamos a acostar. Por fin, serás mía –le dijo–. Y no vas a poder resistirte –murmuró.

Capítulo 12

ATERRIZARON en un aeropuerto privado situado en el sur de Sicilia poco antes de que se pusiera el sol.

Lucy bajó del avión con su hija en brazos. Hacía tan buen tiempo que había dejado el abrigo en la maleta y sólo llevaba una blusa de algodón blanca, unos vaqueros de tela fina y sandalias abiertas. Llevaba el pelo recogido con una diadema de seda verde y, mientras bajaba las escalerillas, percibió la fragancia de las flores y el olor a sal del mar.

Ah, Sicilia...

Aunque era enero, por fin estaba en la cálida Italia de sus sueños. Lucy tomó aire profundamente y le pareció que el peso que cargaba sobre sus hombros se aligeraba.

Al llegar a la pista, vio que no había ningún Rolls Royce ni ninguna limusina esperando. Lo único que había era un cochecillo descapotable muy viejo.

–Nuestro coche –anunció Maximo remangándose la camisa.

Era la primera vez que Lucy le veía hacer algo así. Las sorpresas no habían terminado porque, a continuación, Maximo pasó una pierna por encima de la portezuela del coche y se sentó en el asiento del conductor.

Lucy acomodó a Chloe en la sillita de bebé que había en el asiento trasero y se sentó junto a Maximo, que puso el motor en marcha. Una vez en carretera, Lucy se fijó en el mar que brillaba en el fondo de los acantilados y en las palmeras y se arrellanó en su asiento para dejarse bañar por el sol del Mediterráneo. Al ser un coche descapotable, el pelo le volaba en todas direcciones y parecía que era primavera.

Inconscientemente, miró a Maximo y sonrió.

Y, de repente, recordó lo que le había dicho.

Aquella noche la iba a seducir.

Tenía que resistirse. No le quedaba más remedio. No podía dejarse llevar por el deseo. Si lo hacía, si le entregaba su cuerpo, su corazón no tardaría en seguirlo, habría perdido todas sus defensas, se enamoraría de él como todas las demás, a pesar de que no era más que en un ligón vengativo sin corazón que se iba a divorciar de ella en cuanto su abuelo hubiera muerto.

–¿En qué piensas? –le preguntó Maximo.

–En que deberías perdonar a mi abuelo. Seguro que lo que hizo fue un error o un malentendido. Estoy segura de que es incapaz de hacerle daño a nadie.

–Tú siempre tan ingenua, Lucy. Te recuerdo que no lo conoces de nada.

–Pero...

–No.

Lucy se quedó pensativa.

–Me has llamado Lucy –comentó de repente.

Maximo se encogió de hombros.

–¿Por qué? –le preguntó Lucy.

–Porque sé que lo prefieres.

Lucy se dio cuenta de lo mucho que significaba para ella aquel pequeño gesto, pero se dijo que, posiblemente, formara parte de su seducción.

–Nunca te había visto así, en vaqueros y conduciendo –comentó.

–Estoy de luna de miel –le recordó Maximo mirándola de soslayo.

Lucy se estremeció.

Tras aquella breve conversación, el trayecto discurrió en silencio hasta que apareció ante ellos un campo de lleno de olivos y, al final de la pequeña carretera por la que discurrían, una casita de piedra situada en lo alto de un acantilado, rodeada de hayas y de rosales en flor.

–¿Éste es el hotel? –preguntó Lucy fijándose en que todas las ventanas estaban iluminadas.

–No, no es un hotel, es la casa en la que crecí –contestó Maximo.

–Creía que habías crecido en Aquillina.

–Viví allí hasta los doce años, pero, cuando mis padres y mi hermana murieron, mi tía vendió su pensión y Amelia, ella y yo nos vinimos aquí para estar más cerca de la familia de su marido.

Lucy dio un respingo.

–¿Tus padres y tu hermana murieron? Lo siento mucho –declaró mordiéndose el labio inferior–. ¿Qué ocurrió? Mi abuelo no tendría nada que ver en ello, ¿verdad? –añadió temerosa.

Al llegar frente a la casa, Maximo paró el coche y tiró del freno de mano. A continuación, se bajó y sacó el equipaje del maletero.

–Se está haciendo tarde y quiero hacer la cena antes de que Chloe se quede dormida.

–¿Vas a cocinar tú? –se sorprendió Lucy.

–Como dijiste que no querías criados a tu alrededor, te vas a tener que conformar conmigo –contestó Maximo–. Todavía estás a tiempo, claro. Si lo prefieres, puedo decir que nos traigan el yate, que ahora mismo está en las Maldivas. El yate tiene veinte personas de servicio y niñera las veinticuatro horas del día. Podríamos ir a la Costa Esmeralda, a Túnez o a El Cairo. Donde tú quieras. Tú eliges.

Lucy se mordió el labio inferior.

«Debería elegir el yate», pensó.

Aquella casita junto al mar era peligrosa porque era la casa de sus sueños. Lo único que le faltaba era una familia feliz en el interior y sería perfecta, aquella casa era una gran tentación que la impulsaba a recordar sus ilusiones perdidas.

–¿Quién ha dejado las luces encendidas? –quiso saber Lucy mientras avanzaba hacia la casa con su hija en brazos–. ¿Quién ha encendido el fuego? –añadió al entrar y ver que la chimenea estaba encendida.

–Mi tía. Vive aquí cerca –contestó Maximo dejado las maletas junto a las puertas de los dormitorios–. Le dije que se viniera a vivir con nosotros a Villa Uccello, pero no quiso irse de Sicilia, así que compré todos los terrenos colindantes y le construí un palacio. Ahora tiene criados propios, pero le gusta ocuparse de mí cuando vengo a visitarla –le contó sonriente–. Supongo que será la costumbre.

–A las otras les ha debido de encantar esta casa también –comentó Lucy.

–¿Las otras?

–Sí, las otras mujeres a las que has traído aquí –contestó Lucy tragando saliva.

–Es la primera vez que traigo a una mujer aquí –contestó Maximo muy serio.

Lucy se dijo que no debía dejarse seducir por aquello, que no debía pensar que era especial para él, pero, aun así, se estremeció.

Maximo preparó una cena muy sencilla, pero exquisita, a base de pasta con brécol y, mientras Chloe se tomaba un biberón de leche, ellos degustaron una botella de vino tinto de los viñedos de su propiedad.

Lucy se tomó varias copas, pues le parecía que la atracción sexual era cada vez más fuerte. Bebió y comió lentamente, intentando prolongar la velada todo lo posible, pero, al final, su hija se quedó literalmente dormida en la trona y no tuvo más remedio que ir a acostarla mientras Maximo se encargaba de dejar el fuego preparado para que durara toda la noche.

Tras dejar a Chloe felizmente dormida, salió de su habitación, se apoyó en la puerta y tomó aire, ensayando mentalmente lo que le iba a decir a Maximo.

«Maximo, no voy a permitir que me seduzcas porque no soy como tú, yo soy incapaz de dejar el corazón al margen de esto, así que nuestro matrimonio no se va a consumar», pensó.

Sí, tenía que mostrarse firme, tenía que resistirse a él.

Pero, en cuanto volvió al salón, vio a Maximo de pie, de espaldas a la chimenea, mirándola con deseo. En cuanto él la vio, cruzó la estancia en dos zancadas y se apoderó de ella como un depredador.

—Maximo, no...

Pero Maximo ya la tenía entre sus brazos y la estaba besando sin contemplaciones, agarrándose a sus caderas de manera posesiva, acariciándole el trasero mientras sus pechos quedaban aplastados contra su torso y sus protestas se tornaban suspiros.

—Lucy —murmuró Maximo—. Lucy, *ti desidero. Sei bellissima.*

Lucy sintió las manos de Maximo en la cintura, por debajo de la blusa. Lentamente, sus caricias fueron acercándose a sus pechos y un calor intenso que no tenía nada que ver con el que procedía de la chimenea se fue apoderando de ella.

Maximo la tomó en brazos y la llevó al sofá que había frente al fuego. A continuación, dio un paso atrás y, mirándola fijamente a los ojos, se quitó la camisa. Lucy estuvo a punto de exclamar al ver su torso musculado a la luz de la luna, lamido por las lenguas sombreadas que creaba el fuego.

Lucy tragó saliva, incapaz de respirar. Maximo se sentó junto a ella en el sofá y comenzó a besarla de nuevo y Lucy sintió que comenzaba a rendirse.

Maximo le desabrochó la blusa y ella no se resistió. Cuando acarició el encaje de su sujetador, Lucy sintió los pechos turgentes y los pezones erectos. Aguantó la respiración mientras Maximo le desabrochaba el sujetador. A continuación, le tomó los senos en las palmas de las manos y Lucy sintió una corriente eléctrica por todo el cuerpo.

Maximo dirigió su boca hacia un pezón mientras acariciaba el otro con los dedos y Lucy estuvo a punto de gritar porque jamás había sentido nada igual.

Lo deseaba.

Deseaba que la desnudara y que la penetrara, quería gritar y suspirar, jadear y amar...

¡No!

Haciendo un esfuerzo sobrehumano, consiguió apartarse de él.

–No puedo –declaró–. Para ti es muy fácil, pero yo... me sentiría emocionalmente comprometida.

–Ya estamos emocionalmente comprometidos, *cara*.

–¿Ah, sí?

–Claro que sí –sonrió Maximo–. Eres mi mujer y, durante estos meses, haré realidad todos tus sueños y... satisfaré todos tus deseos...

Lucy tragó saliva. Lo deseaba, pero no podía ser.

–¡No puedo! ¿No te das cuenta de lo que esto me hace sentir? –protestó.

–Te propongo que juguemos a un juego –contestó Maximo acariciándole la tripa a la luz de la luna.

–¿Un juego?

–Sí.

Cualquier cosa era mejor que volver a sentir sus besos.

–¿En qué consiste el juego?

Maximo la miró a los ojos.

–Yo intento hacerte explotar de placer y tú intentas resistirte.

–¿Y si lo consigo? –murmuró Lucy sintiendo que el corazón le latía aceleradamente.

–Aceptaré que nuestro matrimonio no se consume –contestó Maximo–. Pero, si consigo hacerte gemir y jadear, serás completamente mía durante los tres meses.

Por cómo lo había dicho, estaba muy seguro de ganar.

–¿Y cuánto dura ese juego? –preguntó Lucy pensando que el juego de Maximo no era muy diferente a lo que ella había estado haciendo desde que se habían conocido.

–Veinticuatro horas.

¿Un día y una noche enteros? Lucy se quedó mirándolo con los ojos muy abiertos.

–Y empezamos ahora mismo –añadió Maximo poniéndose en pie y tendiéndole la mano–. ¿Aceptas?

Lucy se quedó mirando su mano y se preguntó si sería capaz de soportar sus embestidas sensuales durante veinticuatro horas. ¡Qué difícil! Aun así, el premio era suculento. Si conseguía resistirse, tendría tres meses de paz.

¿Sería capaz de conseguirlo?

No tenía elección.

Tenía que sobrevivir.

–Acepto –contestó poniendo su mano sobre la de Maximo.

Maximo tiró de ella para que se levantara del sofá. Al hacerlo, sus cuerpos entraron en contacto y Lucy se encontró con sus pechos desnudos contra el musculado torso de Maximo.

–*Bene* –murmuró Maximo acariciando la mejilla y besándola.

Fue un beso que hizo que Lucy volviera a desearlo. Sentía sus manos por todas partes, en los pechos, en el trasero, en la parte interna de los muslos... También sentía su erección. Fue toda una agonía sentir las exquisitas caricias de Maximo, que demostraban por qué ninguna mujer conseguía resistirse a él.

«Yo sí, yo sí», se dijo Lucy desesperadamente.

Pero su cuerpo estaba reaccionando y era ya miel derretida. Cada vez que Maximo la besaba, se volvía loca. Cada vez que la acariciaba, le entraban ganas de rendirse.

Lucy miró el reloj que había colocado sobre la chimenea. ¿Cuánto había aguantado hasta el momento? ¿Sólo veinte minutos? Aquello la hizo maldecir en voz alta, pero Maximo borró las maldiciones con sus dulces besos y Lucy dejó que la tumbara en el sofá y se tumbara sobre ella y se dejó llevar por el placer...

De repente, Chloe se puso a gritar. Su madre sabía que, a veces, se despertaba sobresaltada y también sabía que se volvía a dormir inmediatamente, pero, en aquella ocasión, se tomó la interrupción de su hija como un regalo y se aferró a él.

–¿Adónde vas? –le preguntó Maximo cuando se levantó del sofá.

–¿Te crees que voy a seguir jugando contigo mientras mi hija está llorando?

–Lucy...

–Tiene miedo porque está durmiendo sola en un sitio que no conoce –insistió Lucy abrochándose la blusa–. Nos vemos mañana por la mañana –añadió corriendo hacia el dormitorio.

Una vez dentro, cerró la puerta con llave, tomó aire, se apoyó en ella y miró hacia la cuna. Efectivamente, Chloe ya estaba dormida, pero Maximo no tenía por qué enterarse de aquel pequeño detalle.

Con un poco de suerte, dormirían las dos hasta bien entrada la mañana. Así sólo tendría que aguantar doce horas aquel juego, doce horas de lucha contra su propio deseo. Al no encontrar los pantalones del pijama, se limitó a ponerse la parte de arriba y se metió en la cama.

¿Doce horas?

Le iba a hacer falta un milagro para poder ganar aquella dulce guerra.

Capítulo 13

BANG! ¡Bang! ¡Bang!

Lucy abrió los ojos y se estiró. Durante unos segundos, siguió anclada al sueño que estaba teniendo, un sueño en el que había una familia feliz que vivía en una casita llena de rosas desde la que se veía el mar, una familia en la que había muchos niños que se reían y jugaban, una casa en la que cuando aquellos niños se dormían aparecía un príncipe muy guapo que la llevaba a la cama y la hacía gemir y gritar de placer...

Lucy abrió los ojos desorbitadamente.

El juego.

Estaba en un pequeño dormitorio, tumbada en una cama de hierro con una colcha de colores y había rosas frescas sobre la mesilla.

Se incorporó.

—Lo hemos conseguido —murmuró al ver que el sol estaba alto—. Hemos conseguido dormir hasta tarde. Chloe...

¡Pero la cuna estaba vacía!

¡Bang! ¡Bang! ¡Bang!

¿Dónde estaba su hija? Ataviada tan sólo con la parte de arriba del pijama, que apenas le cubría la parte alta de los muslos, abrió la puerta y salió corriendo al pasillo.

Lo que vio en la cocina la hizo pararse en seco.

Lucy estaba sentada en la alfombra que había frente

al horno y sostenía en cada mano una gran cuchara de madera con la que estaba golpeando un cubo de metal que estaba dado la vuelta.

Al verla, su hija la miró sonriente y feliz.

Y, detrás de ella, con la cara manchada de harina y encantadoramente fuera de lugar, estaba Maximo haciendo el desayuno.

–*Buon giorno, cara* –la saludó dejando sobre la mesa una fuente de tortitas con arándanos recién hechas–. ¿Quieres café? –le preguntó besándola en la mejilla.

Lucy asintió confundida.

–Siéntate. ¿Con leche y azúcar?

–Sí –contestó Lucy dejándose caer sobre una silla.

No entendía nada. Le había robado las primera doce horas del juego, pero Maximo no parecía ansioso por tomarla sobre el hombro como un saco de patatas y llevarla a su habitación?

–¿Has dormido bien? –le preguntó dejándole el café sobre la mesa.

No había intentado tocarla en ningún momento.

–Eh... sí –murmuró Lucy.

–*Bene* –sonrió Maximo girándose para meter en una cesta unos sándwiches y unos cubiertos–. Va a hacer un día precioso, así que nos vamos a ir de picnic en cuanto te termines el café. Por lo visto, van a subir las temperaturas –añadió mirándole las piernas–. Van a subir mucho.

Lucy sintió que el deseo se apoderaba de ella y, de repente lo comprendió.

Maximo la iba a seducir en el picnic.

Muy bien. Podía intentarlo, pero ella iba a estar a la defensiva. Tenía la excusa perfecta en su hija. Si a la niña se le ocurría estornudar, podría decir que estaba resfriada y, si lloraba, podría decir que necesitaba dormir. Cualquiera de las dos excusa sería perfecta para volver a casa.

Como si hubiera presentido que estaba pensando en ella, Chloe gateó hasta ella y le echó los brazos. Lucy la agarró y la abrazó. La niña tenía un dibujo azul en cada mejilla y Lucy se dio cuenta de que era zumo de arándanos. Desde luego, para ser un ligón sin experiencia con niños, Maximo sabía perfectamente cómo entretener a Chloe.

Era una pena que no fuera su padre...

Aquel pensamiento hizo que Lucy se quedara helada. Una cosa era querer acostarse con él y otra muy diferente querer que fuera el padre de su hija. ¿Cómo podía estar su corazón tan ciego como para no darse cuenta de que aquello era imposible? Maximo le había dicho varias veces que no quería casarse ni tener familia.

—¿Cuánto tiempo lleva Chloe despierta? —le preguntó para apartar aquellos pensamientos de su cabeza.

—Dos horas.

—¿Dos horas? —se sorprendió—. ¿Y por qué no me has despertado?

Maximo se encogió de hombros.

—Supuse que te sentaría bien dormir un poco más.

Era la primera vez que Lucy había disfrutado del lujo de dormir y no madrugar desde que Chloe había nacido y se sentía de maravilla, completamente descansada. ¿Y Maximo había entregado dos preciosas horas de su tiempo de juego para dejarla dormir?

—Gracias, pero, si te crees que este gesto te va ayudar a ganar, estás muy equivocado —le advirtió sintiéndose más fuerte al haber dormido bien—. Has cometido un gran error.

–Ya veremos –contestó Maximo sonriendo para sí mismo–. ¿Te has terminado el café? ¿Nos vamos?

En aquel momento, Chloe emitió unas cuantas síla-bas sin sentido mientras movía una de las cucharas de madera en el aire.

–¿Cómo dices? –le dijo Maximo sonriéndole con cariño–. ¿Que nos demos prisa?

Lucy se rió y, de repente, se quedó helada al darse cuenta de que aquello era lo que quería, la vida fami-liar con la que siempre había soñado. Aquel momento, una niña riéndose, una cocina acogedora, un marido guapo.

La felicidad.

«¡Es un espejismo!», pensó desesperada.

Sin embargo, aquel sentimiento de felicidad no hizo más que crecer mientras comían al aire libre, sentados sobre una manta en mitad de una pradera llena de flo-res desde la que se veía el mar, no hizo sino crecer mientras se reían y se tomaban un sencillo sándwich de ternera y algo de fruta.

Después de comer, Lucy disfrutó de un momento muy especial, el momento preciso en el que su hija dio sus primeros pasos.

–Gracias –le dijo a Maximo sinceramente mientras la niña caminaba por encima de la manta con pasos in-decisos–. Gracias a ti puedo estar con ella.

Chloe sintió curiosidad por los pétalos de una flor y, al acercarse, perdió el equilibrio y cayó sobre la manta. Olvidándose de la flor, se acercó a la cesta, rebuscó en su interior y sonrió encantada al encontrar una galleta.

–Estoy encantado de estar aquí con vosotras, con las dos –dijo Maximo en un tono de voz que hizo que Lucy lo mirara sorprendida–. Si fuera de ese tipo de hombres que quieren casarse, tal vez...

–¿Tal vez qué? –le preguntó Lucy aguantando la respiración.

–Bésame.

Lucy se dijo que sería sólo un beso, que no pasaría nada. No en vano se había puesto unos vaqueros muy estrechos y difíciles de quitar y una blusa de cuello alto estilo victoriano con varios botones minúsculos. Además, estaba Chloe, que ya iba necesitando un baño porque tenía arándanos aplastados por todas partes, en el pelo y en la ropa.

–¡Hola, Maximo! –exclamó una voz a sus espaldas.

Ambos se giraron y Lucy vio a una mujer que iba hacia ellos saludándolos con la mano. Se trataba de una mujer de pelo corto, piel de porcelana y sonrisa feliz.

–¡Hola! –respondió Maximo.

–¿Quién es? –quiso saber Lucy.

–Mi tía Silvana –contestó Maximo muy sonriente–. Se va a quedar con Chloe esta tarde. No vaya a ser que se sienta sola y necesite compañía.

Lucy sintió que los nervios se apoderaban de ella. Era evidente que Maximo la había pillado, que había comprendido que ponía a su hija de excusa para no estar con él.

–¿Es la madre de Amelia? Qué guapa es.

–Sí, tan guapa que tu abuelo quiso casarse con ella.

–¿Cómo? ¡Pero sería mucho mayor que ella!

–El tenía cuarenta años, era viudo y tenía un hijo cuando se fue a vivir a Aquillina y ella tenía quince años, pero él se enamoró de todas maneras –le narró Maximo–. Por supuesto, mi abuelo se burló de él. ¿Quién era Ferrazzi? Nadie. ¿Qué derecho tenía un nuevo rico hijo de un tendero de Roma a casarse con una princesa d'Aquilla? Lo abofeteó por haber cometido la osadía de pedirla en matrimonio y tu abuelo juró que se vengaría por aquel insulto –añadió apretando las mandíbulas.

–¿Y se vengó? –le preguntó Lucy mordiéndose el labio inferior.

–Sí –contestó Maximo mirándola a los ojos–. Mucho después de que mi abuelo hubiera muerto y de que mi tía se hubiera casado con otro hombre, Ferrazzi se vengó de toda mi familia.

–¿Qué os hizo? –quiso saber Lucy.

Maximo se limitó a negar con la cabeza.

–Silvana –la saludó poniéndose en pie–. Cuánto me alegro de que hayas podido venir –añadió tomando a Chloe en brazos–. Te presento a Chloe.

–¡Qué niña tan rica! –exclamó su tía.

A continuación, le tendió las manos a la pequeña con una gran sonrisa. Tras una breve duda, Chloe se fue con ella. La mujer se colgó la bolsa de los pañales Ferrazzi del hombro, les dijo adiós y se fue. Todo fue tan rápido que, para cuando a Lucy le dio tiempo de reaccionar, ya era demasiado tarde.

–¡Un momento! ¿Adónde van?

–Al palacio de mi tía. No te preocupes, la traerá después de cenar.

–¡No es justo! Me has distraído con la historia de mi abuelo... no formaba parte del trato...

–¿Justo? Mira quién fue hablar.

Dicho aquello, la tomó en brazos y la tumbó sobre la manta.

–Anoche me engañaste, pero ahora no puedes huir. Jugaste sucio, *cara*, así que te he pagado con la misma moneda –le explicó desabrochándole lentamente los botones de la blusa, quitándole el sujetador y dejándola desnuda de cintura para arriba.

Cuando se inclinó sobre sus pechos, bañados por el sol de Sicilia, Lucy sintió su boca sobre uno de los pezones y, luego, sobre el otro y suspiró de placer.

–No –protestó intentando zafarse–. Por favor, no... –añadió desesperada.

Maximo la silenció con un beso. Tras quitarse la camiseta, la sentó sobre su regazo, de frente a él. Al instante, Lucy sintió a través de los vaqueros cuánto la deseaba y, en contra de toda cordura, se apretó contra él.

Maximo sonrió encantado.

–Y ahora me vas a besar –le dijo apartándole el pelo de la cara.

Lucy estaba sentada sobre su regazo, abrazándole la cintura con las piernas y con la blusa abierta, sintiendo el sol en la piel, sintiendo también la piel de Maximo, sus pechos contra su torso, corazón con corazón.

Y supo que iba a perder... se dio cuenta de que iba a perderlo todo.

Capítulo 14

EL VIENTO mecía las flores y la hierba del campo que había a su alrededor y movía las ramas de los olivos mientras Maximo la miraba bajo el sol de Sicilia.

Sabía que podía tomarla, pues Lucy había cerrado los ojos y había echado el cuello hacia atrás, pero le pareció mejor tomarla en brazos y llevarla al interior de la casa.

Mientras caminaba, Maximo d'Aquilla se dio cuenta de que aquella mujer era diferente. Era realmente bella. Era una diosa. Y no se había dado cuenta.

El destino los había unido, debían estar juntos.

Maximo no quería separarse de ella y, desde luego, no le iba a buscar un nuevo marido. Por supuesto que no. La quería toda para él, quería saciar su deseo, hacerla explotar de placer, sentir su cuerpo convulsionándose a su alrededor.

Pero también quería algo más que no llegaba a comprender.

En cuanto llegaron a casa, se dirigió al dormitorio principal y la tumbó en la cama, le quitó los vaqueros y las braguitas. Ya no podía más. El deseo tan fuerte que sentía por ella lo estaba volviendo loco, así que le abrió las piernas, metió la cabeza entre ellas y comenzó a lamerla.

Lucy ahogó un grito de sorpresa, arqueó la espalda y se agarró a sus hombros.

–Por favor... por favor –jadeó.

–Aguanta, *cara* –le dijo Maximo–. Ya sabes que, si consigues resistirte, si consigues controlar tu placer, te dejaré marchar.

Era mentira. Jamás la dejaría marchar.

Maximo le acarició los muslos y el vello púbico y pasó la yema de su dedo por la humedad suave de su entrepierna. Se moría por quitarse los vaqueros e introducirse en su cuerpo, pero se obligó a esperar porque quería poseerla por completo, en cuerpo y alma.

Quería oírla admitir que era suya.

Lucy gritó mientras Maximo la masturbaba con la lengua. Maximo sentía la frente bañada de sudor y tuvo que hacer de nuevo un gran esfuerzo para controlarse, pero siguió dándole placer. Con agónica lentitud introdujo dos dedos en el cuerpo de Lucy y buscó los puntos que le producían satisfacción.

A continuación, fue deslizándose hacia arriba, besándola en la tripa y en los pechos. Mientras con una mano le acariciaba un pezón, con la otra, abierta de manera que la palma quedara sobre el monte de Venus, comenzó a dibujar eróticos círculos.

Al cabo de un rato, sintió que Lucy se tensaba y comenzaba a temblar.

–Aguanta, Lucy –le dijo al oído.

Dicho aquello, comenzó a acariciarle el clítoris con la yema del dedo pulgar. Lucy aguantaba la respiración y comenzaba jadear. Maximo sintió cómo se apretaba contra sus dedos y cómo se estremecía todo su cuerpo mientras ella gritaba de placer.

Maximo cerró los ojos.

Había triunfado.

Era suya.

Jamás había tenido que esforzarse tanto como con su esposa.

Su esposa.

Entonces, el príncipe ligón que era, aquél que se había acostado con tantísimas mujeres que ya ni se acordaba, estuvo a punto de perder el control como un adolescente.

Maximo se apresuró a quitarse los vaqueros y a tumbarse a su lado, se puso un preservativo y se colocó entre sus piernas.

—Maximo.

Maximo la miró a los ojos y, de repente, vio que estaba llorando.

—Lucy —se sobresaltó.

—Has ganado —le dijo ella con voz trémula—. Seré tuya para siempre.

¿Para siempre? Aquella palabra lo sorprendió porque se aproximaba peligrosamente a sus propios pensamientos.

—No, *cara*, no. Ya sabes que nuestro matrimonio...

—Ya lo sé —lo interrumpió Lucy poniéndole un dedo sobre los labios.

¿Lucy podía ser suya para siempre? ¡Qué ridículo! Él lo único que quería era saciar su deseo físico, una relación de tres meses. Seis quizás. Como mucho, uno o dos años. Mientas estuvieran juntos, podrían fingir estar enamorados, podrían fingir que eran una familia. Así, la tendría todas las noches y, si un preservativo se rompía y Lucy se quedaba embarazada...

Embarazada.

Imaginarse a Lucy llevando a su hijo en sus entrañas hizo que Maximo ya no pudiera más. Tomó entre sus labios el dedo de Lucy y comenzó a chuparlo, la besó por el brazo y por el cuello, la besó en la boca, la acarició y se preparó para introducirse en su cuerpo lentamente aunque, en realidad, lo que le apetecía era penetrarla de una sola estocada.

–Maximo –murmuró Lucy poniéndole las manos en el pecho–, todas las personas a las que he querido me han mentido. Por favor, si me estás ocultando algo, dímelo ahora, antes de que me entregue a ti por completo...

Maximo le acarició el pelo, la miró a los ojos y le mintió.

–No te oculto nada, *cara*.

Lucy sonrió y la alegría se apoderó de ella. A continuación, arqueó la espalda cuando Maximo se adentró en sus profundidades y comenzó a moverse lentamente. Lucy jadeó y se aferró a las sábanas a medida que el ritmo que habían creado sus dos cuerpos se iba haciendo cada vez más fuerte.

–No pares... no pares, por favor... –murmuró sintiendo el cuerpo bañado en sudor.

Cuando llegó al orgasmo, Maximo sintió que era tan fuerte que estuvo a punto de desmayarse. Tras depositar su semilla en el interior del cuerpo de Lucy, se dejó caer a su lado con un suspiro.

–Eres una diosa y eres mía –le dijo besándola con ternura en la frente.

Claro que sabía que, si Lucy se enterara algún día de la verdad, todo habría terminado.

Un mundo nuevo.

Eso era lo que Lucy había descubierto. Jamás se le hubiera ocurrido que el sexo podía ser así. Había descubierto aquella droga por la que la gente se volvía loca y ahora lo entendía.

Su marido era mucho mejor que cualquier Casanova, era mejor que Heathcliff y mejor que el señor Darcy. Era un maestro con las manos y lo que hacía con la lengua no tenía nombre.

Horas después, desnuda a su lado, le acarició el brazo. Habían hecho el amor tres veces aquel día, dos antes de que la tía de Maximo les llevara a Chloe y una después de haber cenado y haber acostado a la niña.

No podía parar de mirarlo. La luz de la luna bañaba el cuerpo del príncipe dormido y lo teñía de plata.

Sexo sin amor. ¿Era posible? Quizás para Maximo, sí. Para ella, no. Cada vez que Maximo la había besado y la había acariciado, se había encontrado enamorándose más profundamente de él.

Se había adentrado en una situación desastrosa, pero no había podido evitarlo. Se había enamorado de un ligón que odiaba a su abuelo, que se había casado con ella solamente para vengarse y que tenía muy claro que se divorciaría de ella y no volvería a mirar atrás.

Lucy tenía muy claro que había perdido la batalla. Había perdido completamente. Tan sólo podía disfrutar de tres meses y, luego, lo perdería para siempre, perdería a su marido perfecto y a su padre perfecto porque aquel hombre no quería ser ni padre ni marido.

Perdida en sus pensamientos, Lucy se encontró pensando en su abuelo. Aunque no conocía de nada a Giuseppe Ferrazzi, no podía permitir que sufriera.

Tenía que terminar con la inquina que había entre aquellos dos hombres. Si quería hacer todo lo que estuviera en su mano, lo primero que tenía que saber era lo que había ocurrido en realidad, así que despertó a su marido y se le preguntó.

–No quiero hablar de eso ahora –contestó Maximo comenzando a girarse hacia el otro lado.

–Espera –insistió Lucy tomándolo del hombro–. Mañana volvemos a Aquillina. Si no me lo cuentas tú, iré a verle a él para que me lo cuente.

–No.

–Sí. ¡Es mi abuelo y me da igual el acuerdo que he firmado contigo! ¡No pienso esperar a que se muera sin saber por qué no puedo acercarme a él!

Maximo la miró a los ojos muy enfadado.

–*Bene*, *cara* –contestó–. El día que tú naciste, hubo una tormenta de nieve espantosa, la peor que se había registrado jamás en Aquillina. Mi madre y mi hermana enfermaron de neumonía. Vivíamos lejos del pueblo, en la pensión de mi tía, así que mi padre llamó a Ferrazzi y le pidió que le mandara al único médico que había en el lugar y que estaba en su casa.

–Continúa –lo animó Lucy.

–Ferrazzi se negó en rotundo y dijo que ni siquiera le iba a dar el mensaje, así que mi padre se puso unos viejos esquís con la idea de llegar al pueblo y hablar con el médico, pero no lo consiguió. Murió congelado. Al no tener los antibióticos que necesitaban, mi madre y mi hermana murieron dos días después.

–Oh, Maximo –se horrorizó Lucy.

–Le había prometido a mi padre que me iba a quedar con mi madre y con mi hermana, que las iba a cuidar, pero lo único que pude hacer fue ver cómo morían.

–Maximo, lo siento mucho, de verdad, no te puedes imaginar cuánto lo siento –se lamentó Lucy sinceramente.

–Tu madre y tú estabais sanas y fuertes las dos después del parto, así que lo único que movió a Ferrazzi a mantener al médico en su casa fue el egoísmo, el egoísmo y el rencor. Por aquel entonces, ya había arruinado económicamente a mi familia, pero, por lo visto, no era suficiente. Mientras enterraba a mi familia, me prometí a mí mismo que algún día me vengaría, que algún día se lo arrebataría todo. Todo.

Lucy lo tomó entre sus brazos. Era su marido y quería consolarlo.

—Dentro de tres días nos casaremos. Se enterará porque se va a enterar todo el mundo y se dará cuenta de lo que ha perdido. Su empresa, su fortuna, su lugar en la sociedad y su nieta —declaró con crueldad—. Bueno, ahora ya lo sabes todo. A dormir. Mañana tenemos que madrugar.

En la oscuridad, Lucy se preguntó cómo se había podido enamorar de aquel hombre que, además de ser incapaz de amar, era tan cruel y vengativo, y se dijo que no era incapaz de amar, a ella le había demostrado que podía ser una buena persona. Lo que le pasaba era que la rabia y la culpa le habían causado una herida tan grande que se le iba el alma por ella.

Lucy recordó a su abuelo en mitad de la calle y se dijo que seguro que aquel hombre jamás había querido herir a la familia de Maximo, seguro que había insistido en que el médico se quedara en su casa para proteger a los suyos.

Sí, definitivamente, tenía que poner punto final a la inquina que había en aquellos dos hombres.

Si pudiera sanar el dolor de Maximo, quizás, le abriera su corazón, quizás se diera cuenta de lo mucho que Lucy y Chloe lo necesitaban, quizás las quisiera y decidiera formar una familia de verdad con ellas.

«Estás soñando», se dijo a sí misma.

Era evidente que aquel príncipe jamás sentaría la cabeza, jamás la amaría. Lo que no quería decir, por supuesto, que ella no pudiera amarlo a él y por amor decidió hacer lo que tenía que hacer, librarlo del dolor que envolvía su corazón. Así, cuando se hubieran divorciado y él se hubiera olvidado de ella por completo, Lucy siempre podría estar orgullosa de haber contribuido a su felicidad.

Mientras escuchaba la respiración profunda de Maximo, que ya estaba dormido, entrelazó los dedos de las manos detrás de la nuca y se quedó mirando el techo. ¿Cómo podría hacer para que los dos hombres hablaran? ¿Dónde?

De repente, se le ocurrió.

En la boda.

¿Qué mejor ocasión que durante una celebración festiva y familiar llena de amor?

—Esto lo hago por ti, Maximo —dijo en voz baja en la oscuridad—. Porque te quiero.

Capítulo 15

TRES DÍAS después, villa Uccello estaba casi lista para la boda. Desde que habían vuelto, tanto Maximo como Lucy no habían parado de ultimar detalles. Él, los de la adquisición de Ferrazzi y ella, los del enlace.

Lucy llevaba tres días rodeada de telas y tartas, tres días concediendo entrevistas a medios de comunicación de todo el mundo, tres días de manicuras, pedicuras y masajes, tres días de lujo y diversión, de sentirse como una novia, de sentirse como una estrella.

Y tres noches de pasión desenfrenada. Maximo incendiaba su cama todas las noches. Incluso una vez que se la había encontrado por un pasillo, la había metido en un estudio silencioso que no se utilizaba y le había hecho el amor contra una pared llena de libros.

Lucy había decidido que aquél era el momento perfecto, faltaban pocas horas para la celebración y tenía que hablar con Giuseppe Ferrazzi.

Tenía que conocer su versión de lo ocurrido para poder invitarlo a la boda y para que todo se resolviera. Así, salvaría a su abuelo de la soledad y de la pobreza y salvaría el alma del hombre al que quería. Si Maximo no podía amarla a ella, al menos, podría amar a otra mujer algún día. Imaginárselo con otra le rompía el corazón, pero lo único que le importaba era la felicidad de Maximo.

Aunque no pudiera ser feliz con ella.

Georgiana Stewart, la mujer que le estaba ayudando a preparar la boda, le había dicho que se echara una siesta de cuarenta minutos para que tuviera la piel impecable y había dado orden a todos los criados para que dejaran a Lucy y a Chloe dormir en paz, así que lo único que tenía que hacer era salir de la casa a escondidas.

Sabía que era peligroso, pero no tenía opción, así que tomó a su hija en brazos, se puso un abrigo y avanzó por el pasillo hasta que llegó a la cocina. Allí vio a Ermanno, que se estaba tomando un plato de pasta. Aunque a ella no le había hecho ninguna gracia, Maximo había asignado al enorme italiano como su guardaespaldas. Lucy consiguió pasar de puntillas por detrás de él sin que se diera cuenta.

Sabía que se estaba jugando mucho, pues hablar con Giuseppe Ferrazzi era romper el acuerdo prematrimonial que tenía con Maximo, que podría decidir declarar nulo su matrimonio. Entonces, su hija y ella se quedarían en la calle. Aun así, tenía que arriesgarse porque era incapaz de vivir tan feliz con su marido y su hija sabiendo que a un par de kilómetros había un viejo muriéndose solo y tampoco podía soportar que Maximo fuera a tener una existencia plagada de sufrimiento, venganza y sentimiento de culpabilidad.

Ella iba a arreglarlo todo, iba a proteger a los que quería.

Lucy se deslizó con cuidado por los jardines de la villa y esperó a que el guardia de seguridad se distrajera flirteando con una guapa reportera para escaparse entre los arbustos por la puerta de atrás.

La nieve se había derretido, el sol comenzaba a calentar y los días eran más largos, lo que indicaba que la primavera estaba a la vuelta de la esquina. Caminando tranquilamente, Lucy llegó al pueblo.

—¡La *principessa*! —oyó que gritaba alguien.

Se apresuró a esconderse en un callejón y, de repente, vio a una mujer de pelo blanco a la que conocía.

—*Bambinaia?* —la llamó recordando la palabra en italiano.

La mujer dejó caer la escoba que tenía entre las manos, se acercó a ella, la abrazó con cariño y la metió en su casa. Lucy sabía que su niñera no hablaba inglés, pero lo que le iba a pedir no necesitaba traducción.

—¿Giuseppe Ferrazzi?

La mujer la miró durante unos segundos, suspiró y asintió. A continuación, la guió por un laberinto de callejuelas hasta que le señaló una casa.

—*Grazie* —le dijo Lucy reconociendo la mansión de su abuelo.

Se despidió de ella besándola en la mejilla, llena de optimismo. ¡Lo había conseguido! Iba a hablar con su abuelo, iba a escuchar su versión de los hechos. Seguro que aquellos dos hombres orgullosos que habían perdido tanto podrían hacer las paces.

—Vas a conocer a tu bisabuelo —le dijo a Chloe mientras llamaba a la puerta—. Ya verás, todo va a salir bien.

Pero una hora después su hija lloraba desesperada mientras ella miraba horrorizada a su abuelo.

—No, es imposible. Maximo no haría eso jamás —murmuró.

—Ahora ya sabes por qué me tienes que ayudar a acabar con él —le dijo el viejo agarrándose con fuerza a los brazos de su butaca.

—¿Acabar con él? —se horrorizó Lucy recordando la cantidad de veces que Maximo había sido amable con ella.

Recordó cómo la había salvado de Darryl en Chicago, cómo la había consolado después del encuentro con Alex en Roma, cómo la había llevado en brazos a través del campo de flores, cómo la había besado bajo el sol siciliano.

Todas aquellas imágenes le dolían ahora como un puñal clavado en el corazón. No lo había hecho porque fuera bueno, sino porque se sentía culpable.

–Te aseguro, *mia nipotina*, que nos vamos a vengar –insistió Giuseppe Ferrazzi.

¿Vengarse? No era eso lo que su madre le había enseñado.

–No, no me quiero vengar –declaró Lucy.

–Soy tu abuelo y me tienes que obedecer. Tienes que hacer lo que yo te diga...

–No –lo interrumpió Lucy poniéndose en pie–. Voy a hacer lo que yo crea conveniente.

Lucy no quería venganza, pero sí justicia.

Desde el principio había sabido que todo aquello era demasiado bueno para ser verdad. El haber encontrado un príncipe, un príncipe guapo, un príncipe que la había rescatado, que la había salvado, que había cuidado de ella y de su hija para siempre.

Lucy cerró los ojos, tomó aire y exhaló, dejando que todas sus esperanzas y sus sueños se evaporaran con aquel aliento.

Lo único que quería era la verdad.

–Esta noche, en la boda, haré que Maximo confiese –declaró–. Admitirá lo que tenga que admitir.

Capítulo 16

MAXIMO se quedó obnubilado al verla.

Su princesa estaba al fondo del pasillo, con el pelo recogido bajo el velo que sostenía la tiara de diamantes que hacía a juego con el collar. Llevaba un vestido blanco y largo de mangas estrechas y cuerpo ajustado que explotaba en una falda amplia. El pintalabios rojo enfatizaba su boca voluminosa y era del mismo color que las rosas de tallo largo que llevaba en la mano.

Como si se hubieran puesto de acuerdo, todos los presentes se pusieron de pie a la vez y se quedaron mirándola extasiados. Había allí gente rica y famosa de todo el mundo, pero incluso las estrellas de cine, los príncipes y los primeros ministros estaban anonadados.

Lucy parecía una visión en aquella antigua capilla llena de velas que iluminaban la oscuridad de la fría noche.

«Es la diosa del invierno», pensó Maximo con un nudo en la garganta.

Estaba tan guapa que hacía daño mirarla.

Lucy.

Mirarla era como mirar fijamente al sol, pero Maximo no podía quitarle los ojos de encima. ¿Qué había hecho para merecer a una esposa así?

Evidentemente, la vida lo había perdonado.

Allí tenía la prueba. Jamás había conocido a una mujer como ella, tan guapa, cariñosa y pura de corazón, una mujer que le había hecho comprender lo maravillosa que podía ser la vida, aquella mujer que era su compañera y su igual. No, en realidad, era muy superior a él.

Aquella mujer a la que quería con todo su corazón.

«La amo», pensó Maximo sorprendido.

¡La amaba!

Era la primera vez en su vida que se sentía así. Jamás hubiera pensado que se iba a enamorar, pero le había sucedido, se había enamorado de su esposa, de su princesa.

Lucy.

Siguió mirándola, expresándole con la mirada lo mucho que la quería.

«Lucy, *ti amo*».

Se había casado con ella para hacerse con la empresa Ferrazzi, para vengarse de su abuelo, para dejar de sentirse culpable y para devolverle la seguridad económica que había perdido siendo un bebé, pero había ocurrido un milagro y se había enamorado de ella.

Le debía de pasar algo porque no lo miraba a los ojos. Maximo intentó tranquilizarse diciéndose que eran las sombras que creaba la luz de las velas y el velo lo que impedía que sus ojos se encontraran.

Y, entonces, lo vio.

Detrás de Lucy.

Giuseppe Ferrazzi.

Al instante, sintió que el odio se apoderaba de él con tanta fuerza que le impedía moverse. ¿Cómo era posible que a pesar de los guardaespaldas hubiera llegado hasta ella?

Lucy y su abuelo comenzaron a avanzar por el pasillo mientras los invitados se sentaban comentando la espectacular belleza de la novia. No tenían ni idea de lo que iba a ocurrir, pero la gente del lugar sí lo sabía y no daba crédito a lo que estaba viendo. Amelia, que estaba en la primera fila con Chloe en brazos, había palidecido.

¿Cómo era posible que aquello estuviera sucediendo? La única explicación era que Lucy había desobedecido sus órdenes y, arriesgándolo todo, había ido a ver a su abuelo a escondidas.

Sólo había una pregunta.

¿Qué le habría contado Giuseppe Ferrazzi?

Cuando Lucy llegó a su lado y Maximo le levantó el velo, obtuvo la respuesta.

Se lo había contado todo.

La luz había desaparecido de sus expresivos ojos marrones. Ya no había cariño en ellos. Entonces, Maximo se dio cuenta de que aquel brillo especial era lo que lo había mantenido vivo desde que la había sacado de la gasolinera en Chicago y prácticamente la había obligado a casarse con él.

Lo había hecho con intención de salvarla, pero había sido Lucy quien lo había salvado a él de una fría vida de venganza y placeres vacíos.

–¿Por qué lo has hecho? –le preguntó en voz baja–. ¿Por qué me has desobedecido?

–Porque te quería –contestó Lucy sin mirarlo a los ojos.

Lo había dicho en pasado.

El sacerdote dio comienzo a la ceremonia, hablando primero en italiano y, luego, en inglés. Maximo no le hizo caso y también ignoró a los ochenta invitados que estaban pendientes de él. Sólo tenía ojos para Lucy, que tenía el rostro arrasado por las lágrimas.

–Lucy –dijo Maximo rezando para que lo mirara a los ojos como lo había mirado hasta entonces.

No se había dado cuenta hasta ese momento de lo felices que habían sido.

–Lucy, mírame.

–No.

–¡Mírame! –le ordenó.

Lucy se giró hacia él.

–¿Para qué? ¿Para que utilices tus encantos para hacerme olvidar que me secuestraste siendo un bebé y que mataste a mis padres?

De repente, se hizo el silencio en la capilla. A lo lejos, se oía el viento que procedía del lago. Detrás de Lucy, Giuseppe Ferrazzi miraba a Maximo con ojos brillantes. Era su venganza final. Se iba a morir y no le importaba a quién se llevara por delante, aunque fuera a su nieta. Si no podía recuperar su poder, su dinero y su familia antes de morir, por lo menos, quería hacer daño.

Era exactamente igual que Maximo antes de conocer a Lucy y de enamorarse de ella.

–*Cara, per favore* –le rogó Maximo tomándola del hombro–. Me gustaría hablar contigo a solas.

–No –contestó Lucy apartándose–. Me has mentido. Me has estado mintiendo desde el principio. Lo sabía. ¡Lo sabía! Sabía que tenía que haber otra razón para que te mostraras tan bueno conmigo –se lamentó–. Nunca se me ocurrió que fuera por que la culpa te estaba devorando.

–Tenemos que hablar en privado...

–¡No! –gritó Lucy–. Quiero que me lo digas aquí y ahora, Maximo. Quiero que me cuentes la verdad.

Maximo miró a los invitados, a sus amigos, a sus rivales de negocios, a la gente que admiraba y respetaba.

Todos presenciaban la escena con fascinación y horror. Los fotógrafos que estaban al final del templo no paraban de hacer fotografías. La boda del año se acababa de convertir en una tragedia de tintes melodramáticos que iba a vender un montón de revistas.

La humillación y la vergüenza se apoderaron de él. Le hubiera gustado gritar de frustración y, sobre todo, le hubiera gustado darle un puñetazo al abuelo de Lucy, pero no lo hizo. No lo hizo por ella.

Aquélla era la única oportunidad que iba a tener de luchar por la única mujer a la que había querido en su vida y, si aquel tenía que ser el lugar y el momento, adelante, así que apretó los puños y levantó el mentón.

–Jamás les hice daño a tus padres –declaró–. Cuando encontré vuestro coche en el fondo del barranco, ya estaban muertos. Tu abuelo nunca me creyó, pero es la verdad. La verdad –repitió mirando a Ferrazzi–. Sus hombres me estuvieron pegando durante dos días y no consiguieron que confesara que les había matado porque no los maté –le dijo–. Ya estaban muertos cuando yo llegué.

–¿Le estuvieron pegando durante dos días? –se horrorizó Lucy girándose hacia su abuelo–. ¡Pero si no era más que un niño!

Ferrazzi ni la miró.

–Fue una pena que no acabara contigo en ese momento, d'Aquilla –le espetó–. No tendría que haberte dejado con vida para que crecieras y arrebataras mi empresa. ¡Te tendría que haber tirado al lago con una piedra en el cuello!

Lucy gritó horrorizada y miró a ambos hombres.

–Monstruos –murmuró–. Sois unos monstruos los dos y no quiero saber nada de vosotros. ¡De ninguno! –añadió intentando irse.

Pero Maximo le cortó el paso.

—Por favor, no te vayas.

—¿Por qué?

—Porque te quiero —confesó Maximo.

—¿Cómo?

—Te quiero —repitió Maximo—. *Ti amo*.

—Cuéntame lo que ocurrió —murmuró Lucy—. Quiero la verdad y la quiero oír de tus labios.

Maximo cerró los ojos. Cuando los volvió a abrir, miró a Lucy y le contó la verdad.

—Oí un coche que se salía de la carretera y se caía por el barranco, oí el estruendo del metal al dar contra el suelo, corrí hacia allí y oí llorar a un bebé. Te saqué del coche antes de que explotara.

—Entonces... ¿me salvaste?

Maximo cerró los ojos de nuevo. Ojalá hubiera sido así de noble.

—Cuando te saqué del coche, me di cuenta de que podía vengarme. Había una estadounidense en la pensión de mi tía que estaba desesperada por ser madre, así que... te entregué a ella.

—Por eso sabías que estaba en Illinois —recapacitó Lucy—. Siempre has sabido que estaba viva, pero dejaste que me pudriera en casas de acogida hasta que comprendiste que podrías aprovecharte de mí.

—¡No, Lucy no! —exclamó Maximo con vehemencia—. Me di cuenta de mi error hace mucho tiempo y, aunque te aseguro que no le desearía ni a mi peor enemigo crecer junto a Ferrazzi, intenté encontrarte, pero tu madre había desaparecido, había cambiado de profesión, incluso se había cambiado de nombre. Jamás te encontré hasta que un día, rebuscando en el pasado de Wentworth para tener algo con lo que luchar contra él, di contigo. Fue el destino, *cara* —le explicó acariciándole el pelo.

–El destino –se burló Lucy–. Te pedí que me contaras la verdad y me mentiste. Todo era mentira. Tus besos, tu consuelo, tus palabras tiernas... todo mentira.

–No, no era mentira. Simplemente, no te conté toda la verdad –se disculpó Maximo desesperado por acariciarla–. Al principio, no me pareció necesario y, luego, me dio miedo...

–Me has mentido –insistió Lucy apartándose y mirándolo con dolor y furia–. Alexander sólo me robó un año de vida, pero tú me has robado toda mi infancia. Hiciste que me enamorara de ti. Jamás te perdonaré –añadió girándose para irse.

–Cásate conmigo.

–¿Cómo?

–Por favor, permíteme amarte –insistió Maximo con un nudo en la garganta–. Jamás volveré a ocultarte nada. No habrá secretos entre nosotros. Intentaré hacerte feliz no por lo que tienes, sino por quien eres. Te quiero, *cara*. Por favor, quédate conmigo y sé mi esposa para siempre.

–¿Cómo eres capaz de mentir tanto? –se horrorizó Lucy.

–¡No estoy mintiendo! –exclamó Maximo–. Te estoy pidiendo que me quieras, te estoy pidiendo que te cases conmigo –añadió tendiéndole el anillo de platino y diamantes que había comprado para la ocasión sin importarle que todo el mundo estuviera viendo su vulnerabilidad.

Lucy lo tomó lentamente y se quedó mirándolo.

–¿Me quieres de verdad? –le preguntó.

–¡Sí! –gritó Maximo.

Lucy cerró los ojos y tomó aire. Cuando los abrió, lo miró con tanta frialdad como su abuelo.

–Me alegro. Entonces, esto te dolerá –le dijo tirándole el enorme diamante a la cara.

Los invitados exclamaron sorprendidos.

Maximo se llevó la mano a la mejilla, allí donde el diamante le había cortado y le había hecho sangre mientras observaba cómo Lucy tomaba a su hija en brazos y salía de la capilla.

–Ahora ya puedo morirme tranquilo –oyó que decía Giuseppe Ferrazzi muy satisfecho.

Capítulo 17

CHLOE se despertó en el trayecto hacia Milán y se puso a llorar cuando pidió su hipopótamo morado y el peluche no apareció por ningún lado. Fue entonces cuando su madre se dio cuenta de que se lo había dejado en casa de Maximo.

Se había ido con tanta prisa que se lo había olvidado, pero no había querido entretenerse en recoger demasiadas cosas por miedo a que apareciera Maximo y lograra convencerla de que la quería.

¿Quererla? Jamás la querría. Había sido su último intento de ganar a su abuelo.

Lo único que Lucy se había llevado habían sido tres bolsos Ferrazzi y algo de ropa para ella y para su hija. Ya no quería los treinta millones de dólares. Que Maximo y Giuseppe lucharan por su imperio familiar si querían. A ella le daba igual. Ella lo único que quería era volver a Chicago.

Podía vender los bolsos. Le darían miles de dólares, suficiente para pagar el alquiler que debía y ahorrar por si surgía algo. Iría a hablar al departamento de recursos humanos de la cadena de gasolineras y les explicaría lo que había sucedido con Darryl. Seguro que conseguía que le dieran el ascenso que se merecía hacía tiempo. Por supuesto, empezaría a estudiar por las noches. Aunque le costara años, iba a terminar su carrera universitaria para ser bibliotecaria y enseñar a los niños a amar los libros.

Antes había creído que ser madre significaba renunciar a sus propios sueños, pero en las últimas semanas había aprendido que eso no era cierto. Había aprendido que los cuentos de hadas podían suceder a cualquier edad, había aprendido que nunca era demasiado tarde para soñar, que nunca era demasiado tarde para conseguir lo que se anhelaba.

Y también había aprendido que había perdido para siempre el sueño de amar a Maximo.

Aun cuando se dio cuenta de que se había dejado el hipopótamo morado, no tuvo valor para volver y enfrentarse al hombre que le había mentido y que le había roto el corazón. Conduciendo a toda velocidad y llorando sin parar, llegó al aeropuerto de Milán. Una vez allí y utilizando cinco tarjetas de crédito diferentes, compró un billete de avión para Chicago.

El vuelo no salía hasta la mañana siguiente, así que no les quedaba más remedio que pasar la noche en el aeropuerto. A medida que fue oscureciendo, las tiendas fueron cerrando y los pasillos y salas de espera comenzaron a quedar vacíos.

Pero Chloe no paraba de llorar y su madre ya no sabía qué hacer. Lo cierto era que le hubiera gustado llorar también. Había intentado no enamorarse de Maximo, pero él se lo había puesto muy difícil porque era fuerte, tierno y poderoso.

Pero también había destrozado su vida al separarla de su familia siendo un bebé.

¿De verdad le había destrozado la vida?

¡Por supuesto que sí!

Siendo un niño de doce años destrozado por la pérdida de su familia y furioso por lo sucedido, Maximo la había salvado de un incendio y se la había entregado a Connie Abbott, una mujer cariñosa y maravillosa que la había querido, le había leído cuentos, le había hecho galletas, la había consolado cuando había tenido miedo y le había enseñado lo que era la integridad y el amor.

Su vida habría sido muy diferente si la hubiera pasado con un hombre frío y vengativo como Giuseppe Ferrazzi.

«Eso da igual», se dijo Lucy enfadada consigo misma.

Lo único que importaba era que Maximo le había mentido, había conseguido acostarse con ella, había jugado con su corazón y lo peor de todo era que incluso había llegado a decirle que la quería.

Por supuesto, era mentira. Lo había dicho única y exclusivamente para vengarse del hombre al que odiaba.

–Monstruos –murmuró Lucy.

Menos mal que se había alejado de Maximo antes de que Chloe se hubiera encariñado demasiado con él, antes de ser demasiado felices, antes de...

Aquello fue demasiado.

Lucy no pudo contener las lágrimas por más tiempo.

–*Principessa*.

Lucy levantó la mirada y se encontró con Ermanno y con el piloto de Maximo. Limpiándose las lágrimas, miró a su alrededor, asustada ante la posibilidad de que su jefe estuviera también por allí.

–¿Cómo me habéis encontrado?

–Un periodista os siguió hasta aquí. El príncipe me ha pedido que me ponga a vuestra disposición –le explicó el piloto australiano con respeto–. Me ha indicado que os lleve a donde queráis.

–Y esto es para usted –añadió Ermanno entregándole un sobre.

–¿Qué es?

El guardaespaldas se encogió de hombros, así que Lucy lo abrió. Contenía información sobre una cuenta bancaria en Suiza.

–No entiendo –murmuró al ver el importe que había en la citada cuenta.

–Hay una nota –contestó Ermanno.

Lucy metió la mano en el sobre y, efectivamente, encontró una breve nota escrita por Maximo.

He depositado en tu cuenta el pago acordado en nuestro acuerdo. Treinta millones de dólares más el valor actual de Ferrazzi SpA, que son trescientos millones más. Gracias por haber sido tan buena conmigo. Jamás te merecí y jamás te olvidaré. Siempre serás para mí mi esposa y mi amor. La única mujer de mi vida.

–¿Dónde está? –preguntó Lucy con un nudo en la garganta.

–Se ha ido –contestó el piloto–. Le he llevado a Roma porque quería transferir Ferrazzi a su abuelo. Luego, quería desaparecer...

–¿Se ha deshecho de Ferrazzi? –se sorprendió Lucy–. ¿Y se la ha entregado a mi abuelo?

El piloto asintió.

–Vi al señor Ferrazzi en Roma muy sano y alegre. Por lo visto, el rumor de que se iba a morir fue todo un invento suyo –le explicó–. Me alegro de ser piloto y de no tener nada que ver con el mundo de la moda.

–*Principessa*, el príncipe me dijo que le entregara esto en cuanto la viera –añadió Ermanno–. Me dijo que era más importante que el dinero.

A continuación, se sacó un viejo peluche de bolsillo. En cuanto lo vio, Chloe se puso a aplaudir y a reírse.

Lucy sintió ganas de sollozar.

El hipopótamo.

Maximo había encontrado el hipopótamo morado de su hija y, como sabía lo que significaba para Chloe, lo había recuperado, lo había salvado, exactamente igual que la había salvado a ella en Chicago.

Maximo no les había destrozado la vida, las había cuidado y protegido de Alex, había tratado a Chloe como si fuera su hija, le había dado cariño y regalos, había cocinado para ellas, le había leído cuentos a la niña y había hecho las delicias de su madre en la cama y, al final, aunque ya lo había abandonado, había entregado Ferrazzi, el premio con el que había soñado durante años.

¿Por qué lo habría hecho? Sólo había una explicación.

Maximo no había mentido.

La quería de verdad.

¡Maximo la quería y ella lo había humillado delante de todo el mundo!

Lucy se puso en pie.

–¿Dónde está? –le preguntó al piloto.

–El príncipe no quiere que nadie lo sepa, alteza –contestó el hombre sorprendido.

–¡Dímelo ahora mismo! –le exigió Lucy.

–Lo siento, pero me ha dado órdenes expresas de que no se lo diga a nadie.

–Díselo –intervino Ermanno.

–No puedo –contestó el piloto–. Los periodistas están por todas partes. En el momento que dijera algo, se enterarían y le he dado mi promesa al príncipe de no abrir la boca.

–Entonces, no digas nada, pero lleva a la princesa junto al príncipe –sugirió el guardaespaldas.

–Está bien –suspiró el piloto–. No me puedo resistir a una buena historia de amor con final feliz.

Capítulo 18

EL SOLTERO de oro más famoso del mundo rechazado! ¡Guapo y príncipe, pero abandonado y acusado de haber cometido un delito hace tiempo!», leía el titular.

Maximo se quedó mirando el tabloide que tenía en las manos y sintió un nudo en la garganta. Había pasado un día desde que había perdido al amor de su vida y todavía no lo había asumido.

–No deberías leer esa basura –le dijo su tía Silvana.

–No lo estaba leyendo, sólo hojeándolo –contestó Maximo haciendo una bola de papel con el periódico y tirándolo al fuego.

–Voy a prepararte algo de comer –anunció la mujer.

–No tengo hambre. Vete a casa, tía. Tú tienes tu vida.

–Por supuesto que la tengo, pero hoy me voy a dedicar a ti –insistió Silvana abriendo los armarios de la cocina de Maximo–. ¡Pero si no hay de nada! –se quejó–. Voy a mi casa a prepararte un buen plato de pasta. En cuanto esté, Amelia te lo traerá.

–No, de verdad, no tengo hambre –contestó Maximo.

Pero su tía ya se había ido. Maximo se sentó en el suelo de madera y se quedó mirando el fuego. Estaba lloviendo a mares.

Le tendría que haber contado la verdad a Lucy desde el principio. La había perdido por no ser sincero, por no contarle la verdad, que era lo único que ella le había pedido.

Maximo dejó caer la cabeza entre las manos. Siempre había sido fuerte, pero perderla lo había destrozado. Después de veinte años, el destino había encontrado la manera de hacerle pagar por haberla separado de su familia.

–Tía, ya te he dicho que no tengo hambre... –dijo al oír un ruido a sus espaldas.

Pero no era su tía.

Era Lucy, que llegaba empapada a causa de la lluvia. Al verla, Maximo se puso en pie de un salto. No habló, pero corrió hacia ella y la tomó entre sus brazos, apretándola contra su cuerpo y besándola.

–Maximo, lo siento –murmuró Lucy.

–¿Tú? Pero si he sido yo el que te ha hecho sufrir. Primero, te separé de tu familia y, luego, cuando me pediste que te contara la verdad, te mentí. Creí que, si me pasaba toda la vida amándote, sería suficiente. No te puedes imaginar cuánto lo siento...

Lucy le puso un dedo sobre los labios.

–Las palabras se las lleva el viento. Eso lo aprendí de Alex –le dijo Lucy acariciándole la mejilla–. Tú, sin embargo, nos demostraste con tus actos lo mucho que nos querías –añadió–. ¿Por qué me has dado el dinero equivalente al precio de mis acciones si le habías entregado la empresa a mi abuelo? ¿Cómo has podido deshacerte de ella?

–Porque tener la empresa no me devolvió a mi familia –contestó Maximo muy cerca de las lágrimas–. Ya no quiero hacerle daño a Ferrazzi. Lo único que quiero es estar contigo, contigo y con Chloe, que sois mi familia ahora. Estoy dispuesto a hacer lo que sea por vosotras. Estoy dispuesto a olvidarme de tu abuelo, del dinero y de lo que sea. Sería capaz de morir por ti.

–Lo sé, lo sé –dijo Lucy abrazándolo con fuerza.

–¿Dónde está nuestra niña? –le preguntó Maximo al cabo de unos minutos.

–Durmiendo en el coche con Amelia. Me he encontrado con tu prima, que venía hacia aquí andando con la que está cayendo. Chloe no se ha querido dormir hasta que no ha recuperado su hipopótamo, hasta que no se ha dado cuenta de que volvíamos a casa contigo.

–¿Podrás perdonarme por lo que te hice? Te merecías tener una familia y yo te arrebaté ese derecho.

–No, en realidad, me diste una madre –contestó Lucy mirándolo a los ojos–. Connie Abbott me quiso mucho. Soy la persona que soy gracias a ella y... a ti.

–Oh, Lucy –suspiró Maximo con un nudo en la garganta.

Lucy se puso de puntillas y lo besó. En aquel momento, la lluvia amainó y, poco a poco, mientras ellos se besaban, dejó de llover.

–¡Chloe, no mires! –exclamó Amelia entrando de repente–. Tus padres no hacen más que besarse por todas partes. Siempre están igual. No sé si dejarán de hacerlo algún día –añadió en tono divertido.

–¿Tú qué crees, *caro*? –le preguntó Lucy a Maximo pasándole los brazos por el cuello–. ¿Dejaremos de besarnos algún día?

Maximo miró a los ojos a aquella mujer, la única mujer a la que había amado en su vida y se sintió el hombre más feliz del mundo.

–Siempre te querré, a ti y sólo a ti, te querré hasta que las estrellas dejen de brillar, hasta que...

–Demuéstramelo –lo interrumpió Lucy.

Y Maximo se lo demostró con un beso sencillo, un beso que era la promesa de que su amor duraría para siempre.

Bianca™

**Ha pagado un millón de libras por el bebé.
¡A ella la hará su amante gratis!**

Cuando el magnate griego Nikos Theakis le ofreció a la afligida Ann Turner un millón de libras por su sobrino huérfano, ella tomó el dinero y se marchó.

Joven, sin un penique y sola, Ann hizo lo que pensaba que sería lo mejor... y aquello la destrozó.

Cuatro años después, decidió aceptar la invitación de la madre de Nikos para ir a Grecia. Allí, y a pesar de que él pensaba que era una cazafortunas, se dejaron llevar por la atracción que sentían el uno por el otro...

El despiadado griego

Julia James

Acepte 2 de nuestras mejores novelas de amor GRATIS

¡Y reciba un regalo sorpresa!

Oferta especial de tiempo limitado

Rellene el cupón y envíelo a
Harlequin Reader Service®
3010 Walden Ave.
P.O. Box 1867
Buffalo, N.Y. 14240-1867

¡Sí! Por favor, envíenme 2 novelas de amor de Harlequin (1 Bianca® y 1 Deseo®) gratis, más el regalo sorpresa. Luego remítanme 4 novelas nuevas todos los meses, las cuales recibiré mucho antes de que aparezcan en librerías, y factúrenme al bajo precio de $3,24 cada una, más $0,25 por envío e impuesto de ventas, si corresponde*. Este es el precio total, y es un ahorro de casi el 20% sobre el precio de portada. !Una oferta excelente! Entiendo que el hecho de aceptar estos libros y el regalo no me obliga en forma alguna a la compra de libros adicionales. Y también que puedo devolver cualquier envío y cancelar en cualquier momento. Aún si decido no comprar ningún otro libro de Harlequin, los 2 libros gratis y el regalo sorpresa son míos para siempre.

416 LBN DU7N

Nombre y apellido	(Por favor, letra de molde)
Dirección	Apartamento No.
Ciudad	Estado	Zona postal

Esta oferta se limita a un pedido por hogar y no está disponible para los subscriptores actuales de Deseo® y Bianca®.
*Los términos y precios quedan sujetos a cambios sin aviso previo.
Impuestos de ventas aplican en N.Y.

SPN-03   ©2003 Harlequin Enterprises Limited

Jazmín™

Los besos del jeque

Natasha Oakley

La vida no había tratado bien a Pollyanna, que siempre tenía que estar a disposición de los demás. Por eso, cuando viajó al desierto con el magnífico jeque Rashid, le pareció un sueño.

Carisma. Poder. Peligro. En apenas días, Rashid cambió por completo el mundo de Polly. Rashid no podía ser suyo, pero ella sabía que se estaba enamorando de él.

Sin embargo, mientras el viaje de cuento de hadas llegaba a su fin, su aventura con Rashid no hacía más que empezar.

Jamás se imaginó en brazos del príncipe del desierto

Deseo™

En tu cama

Merline Lovelace

Su nuevo cliente la había confundido con otra persona y la había besado. ¡Y menudo beso! El empresario Cal Logan era un hombre increíblemente atractivo y, a pesar de que su relación debería ser estrictamente profesional, Devon McShay se encontró deseando volver a besarlo.

Cuando, durante un viaje a Dresde, un temporal los obligó a compartir habitación, decidieron que compartir cama sería un placer. ¿Podría ese encuentro apasionado ser algo más que una aventura?

Negocios... ¿y placer?